Frédéric Grolleau

Après, Tintin...

Roman

DU MEME AUTEUR

ROMANS
Le Cri du sanglier, Denoël, 2004
Monnaie de verre, Nicolas Philippe, 2002 (*Prix Saint-Gobain traditions verrières*, 2003)

ESSAIS
Intégral de la culture générale en 1000 citations (avec G. Guislain et E. Caquet), Ellipses, 2009.
La beauté (dissertations sur), e.a, Ellipses, 2008
Les énigmes du moi (dissertations sur), e.a, Ellipses, 2008
L'environnement et les identités (dissertations sur), e.a, Ellipses, 2008
L'action (dissertations sur), e.a, Ellipses, 2007
Les puissances de l'imagination (dissertations sur), e.a, Ellipses, 2006
La recherche du bonheur (dissertations sur), e.a, Ellipses, 2005
Dictionnaire des idées politiques, collectif, Dalloz-Sirey, 1998
Le temps, une approche philosophique, (sous la direction de François Busnel), Ellipses, 1996
Les mots du pouvoir, Précis de vocabulaire, Vinci, 1995

NOUVELLES
La bouillie des anges (sous le nom de Joe Pollux), manuscrit.com, 2000
« Et la purge était blanche » in *Purgatoire, les bonnes adresses*, Le Crochet de la Cédille/L'Harmattan, collectif, 2004

Retrouvez l'univers littéraire de l'auteur
et *Après Tintin...* sur
www.fredericgrolleau.com

À la mémoire d'Hergé

Tintin fait partie de notre monde, de nos vies et de notre inconscient. Un peu partout, il fonctionne comme un mot de passe, capable de réunir les individus les plus variés. Y a-t-il dans ce siècle une seule autre œuvre dont la capacité d'imprégnation collective soit aussi puissante, une seule autre avec laquelle nous avons grandi et avec laquelle nous vieillirons?
    Benoît Peeters

Nous avons tous été enfants avant que d'être hommes.
    Descartes, *Discours de la Méthode.*

L'enfant devient le père de l'homme.
    Sigmund Freud

CHAPITRES

Préambule : Tout un tintouin

1. Un altermondialiste en Irak
2. De l'art de l'idiotie
3. Les gardes sulpiciens du temple T.n.T
4. Le Grand T.n.T : un idéal explosif

Tintinade 1 : Tintin est un con

5. Parodie, pastiche, pirate : « Eih bennek, eih blavek »
6. Ou comment réinventer sa vie
7. Victime de Tintin
8. Tintin le sodomite

Tintinade 2: Hergé 100 ans après, tonnerre de Brest !

9 La remontée de l'ontique à l'éthique
10. *Suave mari politburo*
11. Tintinopolitique
12. Tintinomane psycho : de l'étron au symbole

Tintinade 3: Non, Tintin n'est pas raciste

13. Hergéneomatrix
14. Tintin schizo ?
15. Le mystère de l'avion gris
16. Objectif thunes

Erratum : il est revenu !

17. La Castafiore en est un !
18. Dé-lire Tintin
19. Chute ontologique : « Il faut trouver la voie! »

Tintinade 4 : mon ami Hergé

Epilogue

Duralexsedlex: La charte RG
Quizz et réponses
Glossaire des abréviations des titres utilisés

L'auteur signale que tous les objets et livres relatifs à l'univers de Tintin cités dans ce roman existent réellement et s'achètent tous les jours.

Préambule
Tout un tintouin

Faire tintin.
Faire tintin, c'est être frustré de ce qu'on désirait, se passer, principalement, d'une chose à manger. Cela peut se dire aussi d'une abstinence sexuelle. Bref, c'est « se mettre la ceinture ».
L'expression, relativement récente, apparaît en 1935 dans le langage des troupiers. Il ne faut chercher là aucun rapport avec le reporter à houppette de Hergé, car le mot « tintin », pris isolément, est bien plus ancien. Dès la fin du XVIe siècle, l'historien Etienne Pasquier écrit que « le tintin est imaginé pour exprimer les cloches quand elles sonnent à petit bruit, c'est-à-dire qu'elles tintent » (*Recherches de la France*). Un siècle plus tard, en 1680, Richelet recense le terme dans son dictionnaire en lui attribuant un sens plus particulier : « Mot imaginé pour exprimer le bruit que font les verres lorsqu'on les choque les uns contre les autres. Le tintin des verres, où il y a d'excellent vin, charme les yeux et les oreilles. »
Mais pourquoi ces sons de cloches et ces entrechocs de verres ont-ils finalement été associés à la vacuité, au manque ? Entre s'en mettre plein la lampe et se priver, il y a une nette différence! Selon certains lexicographes, «faire tintin » qui, au sens propre, peut revenir à sonner une cloche, évoque le quémandeur qui tire la sonnette en vain. Cela est possible.
Mais il faut considérer que l'expression apparaît dans le langage des soldats. Il est vrai que ce bon vieux « tintin » survécut essentiellement dans les troupes ou dans les chansons soldatesques. Le mot s'accompagna parfois de sa variante «r'lintintin », comme on le voit dans « la Vivandière », chanson écrite par Béranger en 1817 :

« Je vends, je donne et bois gaiement
Mon vin et mon rogomme ;
J'ai le pied leste et l'œil mutin

Tintin, tintin, tintin, r'lintintin. »

On devait certainement chanter cet air-là à grands renforts de libations. A la tienne, Etienne ! Beaucoup plus tard, en 1893, une chanson rapportée par A. Gennevraye dans son ouvrage «Tintin » suggère le même genre de scène bachique et militaire : « (…) Zélie s'identifiait si bien avec le 6e hussard que, pour un rien, elle en eût porté l'uniforme. Si tu l'avais vue à la fin d'un souper, debout, son verre en main, montrant ses trente-deux dents et chantant :
« Les hussards étant à la guerre chargeaient, et d'un si fameux train
R'lintintin !
Qu'l'un d'eux laissa tomber par terre
Le sabre qu'il tenait en main
R'Lintintin ! »

« Les Hussards » (c'est cette Zélie que la troupe appelait Tintin parce qu'elle s'était fait une spécialité de cette chansons-là !).
Là aussi, on peut imaginer que, dans les casernes, les tintins des verres scandaient ces refrains joyeux. Il est possible que « faire tintin » ait pris son origine dans des appels de verres choqués avec le couteau ou des protestations de même ordre devant des assiettes sans pitance dans les réfectoires des casernes. « Quoi ? On n'a rien ? Alors, on fait tintin ! »
La réponse de Claude Duneton et d'Emmanuelle Bigot L'humanité, *13 août 1993.*

    Faire tintin
Alors là, elle vaut dix, cette expression que nous rappelle Michel T. Faire tintin, c'était être privé de quelque chose. "Tu n'as pas été sage, tu seras privé de dessert, tu feras tintin !" Par extension vous pouviez répondre "Tintin !" à quelqu'un qui vous demandait quelque chose.

- « Eh ! t'as pas cent balles ?
- Tintin !
Equivalents : tu peux te brosser ! va te faire foutre ! des clous ! tu n'auras rien ».
Jacques Michaud, Linguapop. com, samedi 7 juillet 2007

      Tintin, tintouin...
Se faire du tintouin, donner du tintouin à quelqu'un, c'est l'embarrasser, lui donner du souci, du mal, du tracas !
Aux sources de cette expression, on trouverait le mot "tintin". "tin tin" onomatopée, désigne le tintement d'un grelot ou d'une cloche mais aussi le bruit de verres qui s'entrechoquent. [Actuellement on dirait plutôt "tchin-tchin", non ?]
En argot, et sans que le lien soit évident, se "faire tintin", c'est "se passer de quelque chose", "faire tintin ballon" (joli, n'est-ce pas ?) : se priver d'alcool.
L'expression "tintin !" signifie "rien à faire !"
Déformé en "tintouin", il désignerait, avec augmentation du volume sonore, le tintement des cloches, au sens de "vacarme insoutenable". D'où en médecine, "l'hallucination auditive" !
Chez Baudelaire dans *Spleen* ("Quand le ciel bas et lourd pèse comme un couvercle"...)
"Des cloches tout à coup sautent avec furie,
Et poussent vers le ciel un affreux hurlement..."
j'imagine la tête du correcteur à qui un lycéen dirait que le poète est atteint de "tintouin" !
Se donner du tintouin, c'est "Se donner du mal, de la peine". Et on retrouve Octave Mirbeau, cher à Kyoko et à Mdv dans *Le journal du femme de chambre* :
"Ah ! vous en aurez du tintouin, ma pauvre demoiselle... gémit l'épicière en m'offrant un siège..."
Rotko, liensutiles.forumactif.com, curiosités de langue

« Faire tintin »
Être privé / devoir se passer (d'une chose attendue ou due).
Être frustré (de quelque chose).
Vous est-il déjà arrivé de dire "faire milou" ou, mieux encore "faire capitaine haddock" ? Certainement pas !
Notre mission, et nous l'acceptons, va donc consister à comprendre pourquoi c'est le héros principal de la bande dessinée d'Hergé qui a été retenu pour cette expression au lieu de la Castafiore ou des Dupondt.
Et cette mission va très vite s'autodétruire car, lorsqu'on sait que le mot 'tintin' existe depuis le XIIIe siècle, alors que Tintin, lui, n'est né qu'en 1929, on ne peut que se rendre à l'évidence : notre 'tintin' n'est pas 'Tintin', et celui qui tenterait de prouver le contraire devra faire tintin.
Cela dit, l'expression elle-même, avec son sens actuel, n'est née qu'un peu après 1930. On peut donc se demander s'il n'y aurait pas quand même eu une petite influence du héros de BD sur la redécouverte du mot...
Au XIIIe siècle, donc, 'tintin' est une onomatopée associée à un bruit d'objets qui tintent, comme des pièces de monnaie, par exemple.
Selon le DHLF, un siècle plus tard, le mot désigne aussi un jeu où le perdant paye un gage en pièces de monnaie (qui tintent, forcément). De là est né faire tintin qui, au début du XVIe siècle, veut dire "payer en espèces sonnantes". Au fil du temps, 'tintin' désigne aussi le bruit de cloches qui sonnent ou de verres qui s'entrechoquent. Il est aussi un autre nom de l'argent (toujours par référence à la monnaie qui tinte).
Malheureusement, on n'explique pas très bien la raison pour laquelle le mot 'tintin' a ensuite été associé à de la frustration ou de la privation.

Parmi les hypothèses proposées, on trouve :
- Il évoquerait la sonnette tirée sans succès par un quémandeur (qui repart donc frustré) ;

- Il ferait une allusion à un signal sonore marquant l'échec (penser au "faire tilt" de nos flippers modernes ou au gong qui marque la fin d'un match de boxe, avec forcément un frustré, le perdant) ;
- Il évoquerait enfin le bruit de la monnaie qu'on entend mais ne peut pas toucher.
On utilise aussi "ça va être tintin" pour dire "ce ne sera pas possible" ou bien "tintin !" pour "rien du tout !"
Expressio.fr, mardi 8 juillet 08

"L'expression populaire dit "faire tintin" pour être privé de quelque chose. Tintin ni ne fume, ni ne boit, mange peu et ne connaît aucune femme, mais ce dont il semble privé le plus, c'est de ce don : celui de pardonner."
Alain Bonfand, Tintin le Terrible ou l'alphabet des richesses, Hachette, 1996, p. 84.

"Le héros [Tintin] invite son compagnon [Haddock] à "faire tintin", c'est-à-dire non seulement à se priver de whisky [note : "Faire tintin" : être privé d'une satisfaction attendue ou due, être frustré de..., Jacques Cellard et Alain Rey, *Dictionnaire du français non conventionnel*, Hachette, 1980], mais surtout à l'imiter, le prendre comme référence."
Jean-Marie Apostolidès, Les métamorphoses de Tintin*, Seghers, 1984 (1), Champs-Flammarion, 2006 (2), p. 189*

1. Un altermondialiste en Irak

Tintin n'a jamais existé.

Je suis allongé sur mon canapé bordé par une table de salon en résine façon Leblon-Delienne à damier rouge et blanc (1600 €) et je fixe d'un œil atone l'affiche plantée sur le mur d'en face : un dessin original d'Exem, en hommage à l'œuvre d'Hergé : *L'Oreille cassée* tirée de la série plus que culte des *Aventures de Tintin et Milou*. C'est un magnifique offset en aquarelle au format 35 x 50cm tiré à 399 exemplaires, numéroté et signé. Un incontournable – seulement 48,50 € – pour tous les fans d'Exem ou d'Hergé. Son état impeccable m'arrache un sourire de satisfaction béate.
Le dessin représente Tintin et Milou descendant en pirogue le fleuve Badurayal, qui sépare les Arumbayas des Bibaros dans *L'Oreille cassée*, et dont l'embarcation apparaît sur le point de percuter la proue d'un imposant paquebot où se devinent les premières lettres du nom du navire, Zin..., clin d'œil au fameux Zinzin par le truchement duquel Exem parodie les exploits de Tintin.

En effet de miroir j'ai disposé sur le mur rouge recouvert de tableaux, au-dessus du canapé, un Fétiche Arumbaya (pièce numérotée, de fabrication artisanale en bois exotique, identique au fétiche de *L'Oreille Cassée*, hauteur de 41 cm, exemplaire n° DP9 sculpté à la main, réalisé par le sculpteur De Praeter tintinophile belge avec n° d'identification sur le côté de la jambe droite, eBay - 32 €). Et, sur l'une des étagères de la haute bibliothèque, la figurine Pixi « La pirogue » créée pour la Galerie Collin à Rennes (réf : 4599, tirage à 500 exemplaires) en 1994. Elle est en très bon état mais je ne dispose pas hélas ! de la boîte et du certificat (300 €).

Mon vieux Chesterfield de 1950 en cuir jauni est aussi une sorte de pirogue en bois tendre, il suffit que je m'y vautre pour que le voyage au pays tintinesque commence de suite. Sous la grande fusée lunaire gonflable à damier rouge et blanc (de chez Nautys, chinée à 39 €) qui oscille sous les poutres du plafond cathédrale me berce, invitation à la traversée des flots oniriques, « J'ai le pouvoir suprême » de Boris Goudonov, ce même air qui marque de son sceau *Le Trésor de Rackham le Rouge*. Toujours à côté de ma chaîne se trouve l'excellent « Tintin et la musique, une aventure sonore » réalisée d'après le dossier d'Ivan A. Alexandre, « Tintin à l'opéra » de la revue Diapason, numéro 457 de mars 1999 : chaque extrait musical proposé correspond à l'époque à laquelle Hergé écrivit ses albums. Seize mélodies habitant les histoires de Tintin, autant de tomes dont les cases ne me quittent jamais.

Je sais qu'Hergé aimait parsemer son œuvre de références musicales parce que ses parents était à son grand désarroi des fans d'art lyrique (d'où sa vengeance avec la création du Rossignol Milanais, cette «chaste fleur» capable de défier les vitres Securit des taxis...) et aussi à cause de son collaborateur Edgar Pierre Jacobs, ancien baryton. On n'a donc que l'embarras du choix dans ce répertoire lorsqu'on lit Tintin : « Sur la mer calmée » fredonnée par Philémon Siclone dans *Les Cigares du pharaon* est la traduction française du célèbre « Un bel di vedremo » de l'opéra *Madame Butterfly* de Puccini. Un peu plus tard, le professeur se rappelle les paroles de l'air « De l'art la splendeur immortelle » tiré de *Benvenuto Cellini* d'Eugène Diaz. Au tout début de *L'Oreille cassée*, le gardien du Musée ethnographique chante le célèbre « Air du Toréador » de l'opéra *Carmen* de Bizet. Ivre, Tintin entonne dans *Le crabe aux pinces d'or* « L'Air de Jenny » tiré de l'opéra comique *La Dame Blanche* d'Adrien Boieldieu, d'après l'œuvre de Walter Scott. Evidemment, il y a « L'Air des bijoux » de l'opéra *Faust* de Gounod que la Castafiore chante dans de multiples albums.

Ma préférence reste cependant ce Boris Goudonov, ample et bravache, qui doit s'entendre jusqu'à la Seine.
Je confirme.
Oui, bel et bien, « j'ai le pouvoir suprême ».

Celui notamment de poursuivre, coûte que coûte, l'œuvre d'Hergé qui s'est éteint en 1983 et que l'on voudrait à tort enfermer dans les limites de cette seule et funeste barrière temporelle : 1907-1983. Comme si, ça m'agace rien que d'y penser, les exploits du héros à la houppe flanqué de son fox ne s'étaient pas poursuivies après la mort du Maître. Soit en le surinterprétant jusqu'à plus soif (honnie soit l'hergérudition pontifiante), soit en scénarisant/dessinant de nouvelles aventures du bienaimé reporter.
Légion sont ainsi ceux qui se sont engouffrés dans la voie ouverte par les 24 albums officiels. Certains pour le plaisir de faire honneur au père de Tintin, d'autres, plus intéressés, pour se lancer dans un commerce des plus lucratifs. Car les parodies, les pastiches, les versions pirates de Tintin, c'est selon, se vendent comme des petits pains : chaque semaine il s'en écoule des centaines par le biais d'enchères spécialisées accessibles au grand public.

Autant dire qu'on ne peut pas acquérir ces livres sur le site de la fondation Hergé réservé aux seules œuvres canoniques. Mais cela ne ralentit en rien l'ardeur des collectionneurs de tous bords, qui vont parfois jusqu'à payer plus de 200 € un album apocryphe tiré à 25 exemplaires ! Vous imaginez : la plupart des gens croient que le dernier album d'Hergé date de 1976, avec *Tintin et les Picaros*. Que se passerait-il si on leur révélait soudain qu'il y a de nos jours plus d'albums apocryphes de Tintin que du vivant de son géniteur ? Et qu'il s'en écoule davantage ?
Tel est pourtant le cas.

J'y songe. Les mains derrière la nuque, calé dans le coussin de mon canapé, les pieds ballant par dessus l'accoudoir, avachi à force.

Il est tout de même étonnant qu'aucun historien de la bande dessinée ne se soit encore penché sur ce phénomène notable : aux marges de toute légalité, Tintin est le personnage de bande dessinée européenne le plus parodié. Le plus copié. Le plus pillé.

Pourtant, l'on connaît la légendaire application avec laquelle les ayant-droits d'Hergé poursuivent, parfois sans trop de discernement, les auteurs de reproductions non autorisées. En revanche on sait moins par exemple, que, par esprit de contestation et afin d'enfoncer le clou, des pirates se sont moqués ouvertement de ce légalisme pudibond en publiant en ligne sur un site, Tvmoulinsart.com, disparu pour devenir depuis un album prisé connaissant plusieurs éditions successives, une parodie au discours très pacifiste et alter-mondialiste intitulée *Tintin en Irak* : le célèbre héros y campe non sans humour un opposant à Saddam Hussein qui défend l'Irak contre les visées d'un Georges Bush qui apparaît sous les traits... du fameux général Alcazar !

Beaucoup d'extraits de plusieurs albums officiels de Tintin évoquent ici tous les aspects du problème dans un esprit proche de l'œuvre, avec un lettrage fidèlement reproduit. Mettant en scène tous les protagonistes du drame irakien (Bush, Blair, Chirac, Powell, Ben Laden...), l'histoire raconte en 64 pages ironiques et précises les faits qui ont occupé l'actualité en 2003.
Ce détournement digne des Situationnistes des années 70 expose certes le lien entre Bush et les compagnies pétrolières, les preuves très particulières présentées au Congrès et devant l'ONU... mais aussi l'élection de Le Pen au deuxième tour des présidentielles, et jusqu'au retour, assez maladroit d'ailleurs, de l'antisémitisme dans certaines communautés.
Le saviez-vous ?

Tous ceux qui comme moi connaissent ce marché tintinien parallèle vous l'affirmeront : on est loin ici des parodies sexuelles hollandaises ou belges grossières à la Jan Bucquoy qui circulaient jadis sous le manteau. Cet outil de propagande altermondialiste se révèle soucieux du propos comme de la qualité de la reproduction (on ne peut en dire autant des petits malins qui commercialisent, sur la toile et ailleurs, les diverses versions papiers de cet opus, qui se distinguent alors principalement par une couverture différente et par la qualité du papier et de la photocopieuse utilisée).

Une chose est sûre : ce Tintin détourné pour dénoncer les méfaits de la mondialisation et du capitalisme sans âme a surtout pour finalité de répondre en pied de nez à un contexte de défense de l'œuvre hergéenne qui est perçue comme par trop répressive... Si je suis assez d'accord avec ça, je reproche toutefois à ces inventeurs facétieux d'avoir fait de Tintin un citoyen français, ce qui ne correspond pas à la « réalité ». Je veux dire à l'esprit dans lequel Hergé a conçu son personnage fétiche.

C'est pour cela que le Khi-Oskh Club a été fondé : veiller à restituer à Hergé ce qui lui revient, tâcher de rendre à ses épigones le mérite qui est le leur dans une société qui ne veut plus rêver – disons : qui ne veut plus que rêver, ce qui revient au même – et confond à l'envi création et exploitation.

Au Khi-Oskh Club, nous croyons dur comme fer que Tintin est un modèle pour tous les adolescents, qu'il incarne la vertu et l'héroïsme mêmes dans un monde corrompu qu'il tente de redresser.

Comme Tintin, nous affrontons un monde hostile et nous sortons toujours vainqueurs du combat. Tant pis pour ceux qui auraient l'impudence de se mettre en travers de notre chemin.

2. De l'art de l'idiotie

Je porte un pantalon golf de chez Loft en drap moiré (197 €) qui laisse apparaître mes hautes chaussettes DD à motif écossais (16 €) sur des chaussures en cuir naturel au bout arrondi de chez Curch réalisées sur mesure (529 €). Pour faire bonne mesure avec l'ensemble, j'adopte, fidèle à la version *TC*, C, 79, 7-2 une chemise crème Burberry – mais non siglée – au col en amidon (37 €) étranglé par une cravate beige sobre Cardin (74 €). Une très belle ceinture Citime-Hergé Tintin Licensing longueur 112 cm, largeur 3 cm, à la boucle dorée et à l'extérieur en cuir marron enserrant entre deux lisérés une bande de tissu verte sur laquelle figurent en bleu les principaux personnages de Tintin (5 €), me ceint la taille.

Nonchalamment adossé à la banquette du RER qui file en direction de Saint-Quentin-en-Yvelines, j'ai mes deux pieds posés sur le journal déplié sur le siège en face (*IN*, C, 79, 3-2). C'est interdit mais je suis seul dans le grand wagon vide de l'étage : briquet rechargeable à essence Tintin en poche (édité pour les 75 années de bande dessinée, eBay- 25 €), je fume donc une des cigarettes issues de mon précieux paquet syldave de MA3EDHONA rouge (*AT*, C, 79, 15-11) acquis aux enchères et rempli chaque semaine avec des cigarettes que je roule moi-même, nanti de l'appareil *ad hoc*. Laisser en évidence la boîte singulière vierge de toute prévention anti-tabac lorsque j'y pioche une sucette à cancer me procure un plaisir sans nom.
Celui d'être, justement, une pure singularité en acte. Un bel *idiot* au sens philosophique de celui qui, enfermé sous la bulle de sa personnalité idiosyncrasique, est à même de juger et jauger autrement le tintamarre du monde qui l'entoure et auquel il participe à peine, tel l'étymologique profane aux portes du temple...
Je suis Tintin de pied en cap.

Je suis Tintin, vous-dis-je.

Dans dix minutes, je vais arriver à destination ; je vais les voir. Les affronter, leur parler, m'exciter sur l'estrade face à eux en faisant semblant d'y croire. Jouer mon rôle docimologique à la perfection, telle sera encore et encore ma mission. Eux et leur uniforme. Eux et leur regard aussi morne que béat. Heureusement que la beauté architecturale du site, outre le prestige naturel attaché au lieu, et des jardins à la française compense le vide qui règne céans !
J'écrase le mégot de ma cigarette d'un coup de talon nerveux sur le sol gris. Puis je visse ma casquette sur ma tête, bientôt prêt à affronter les frimas de Saint-Cyr-l'Ecole.

3. Les gardes sulpiciens du temple T.n.T

Les règles du Khi-Oskh Club (K.O.C) sont les suivantes :
1- Il est interdit de parler du Khi-Oskh Club
2 - Il est interdit de parler du Khi-Oskh Club
3 – Si quelqu'un dit stop ou s'évanouit, le combat continue
4 – Seulement une personne invitée par séance
5 – Une séance par mois
6 – Ne participent au Kish-Oskh Club que ceux qui en portent la tenue
7 – Le combat dure aussi longtemps qu'il doit durer
8 – Si c'est votre première fois au Khi-Oskh Club, il se pourrait que ce soit aussi la dernière
9 – Qui trahit est immédiatement puni

Le rituel commence toujours de la même manière : je tends à chaque participant un cigare Wintermann acheté neutre au tabac du coin puis bagué à la K.O.C : chacun, pour s'apaiser, va le fumer pendant la séance puis me restituera sa bague avant de partir, au petit matin. Laquelle bague sera pieusement recueillie pour être de nouveau fixée sur un nouveau cigare. Et ainsi de suite. Je dispose d'un lot de 24 bagues à cirage aux effigies de Tintin : ce sont des pièces uniques et j'entends les conserver car elles donnent à chaque séance une dimension tant sacrale que cérémonielle.

Puis nous faisons entrer l'invité, revêtu de sa houppelande et de sa cagoule pointue – reproduction fidèle de la tenue qui apparaît dans *Les cigares du pharaon* (*CP*, C, 79, 53-16). Vient alors le moment du débat, souvent passionné et acharné, avant le moment de la consommation proprement dite. Au cours de la discussion, arrosée d'un gouleyant Loch Lomond Single Malt, le whisky préféré du capitaine Haddock : peu d'aficionados savent qu'il existe vraiment, je le fais importer en bouteille de verre scellée de 5cl (11,5cm de haut), seul format disponible car dévolu aux vitrines des collectionneurs puristes (10 € pièce), il s'agit d'échanger des vues de manière dialectique avec l'invité afin de déterminer si sa connaissance du T.n.T – soit le grand œuvre tintinien en abrégé vous l'aurez saisi – est aussi complète que la nôtre, si ses positions méritent d'être appréciées au nom du droit à la différence ou si nous n'avons pas plutôt affaire à un charlatan de la pire espèce. Qu'en toute logique, partant, nous nous réservons le droit d'exécuter... mais d'une manière qui ne contredise en rien les règles de la bande dessinée érigées par Hergé et ses successeurs.

Qui « nous » ? Pour l'essentiel mes deux acolytes, Jean-Claude alias JC et Azraëlle. Les deux fidèles gardes sulpiciens du temple T.n.T que je suis parvenu pour l'instant, à force de messages enflammés sur forums et blogs, à rameuter à la cause du K.O.C et qui ont prêté serment, à l'instar de votre serviteur, de servir la cause du T.n.T.
Jean-Claude Zatopi est enseignant tout comme moi, ce qui lui laisse beaucoup de temps pour cultiver sa tintinophilie ; Azraëlle Robert – qui n'a jamais pardonné à son père, grand amateur des *Schtroumpfs* de Peyo et du chat de Gargamel, de l'avoir flanqué pour la vie d'un tel prénom – est une lectrice-correctrice au chômage, ce qui la rend très disponible. Je les ai rencontrés il y a trois ans dans une soirée enfumée à Torcy qui s'est vite transformée en un vaste défouloir collectif où une cohorte de gueux new-age passablement imbibés à la Kro et jointés à mort par un kif local de première bourre, tentaient en désespoir de cause de danser sur la rythmique enlevée d'un Maceo Parker que je découvris aussi ce soir-là. Pendant que la plupart dormait, qui sur la pelouse mesquine du jardinet de la casba envahie par ces barbares d'un soir, qui dans les couloirs sur un parquet flottant flottant vraiment, JC et Azra parlaient philosophie en ingurgitant force crocodiles Haribo et tequila frappée maison.
Jusqu'à l'instant fatidique où, les ayant rejoint à propos sur l'épineuse question de savoir si oui ou non la version d'un

Heidegger fascisant soutenue par Victor Farias méritait qu'on interdise la lecture du philosophe allemand dans les classes de terminale, JC fut pris d'un spasme violent et se précipita pour répandre l'intégralité de son estomac dans le lavabo rose de la salle de bain heureusement sise non loin de là, ce qui ne valut qu'à quelques moribonds épars d'être au passage aspergés. Venue à la rescousse, Azra parvint non sans habileté à nettoyer ledit lavabo hélas ! bien bouché par la congruence crocodilesque incriminée, lavant non sans célérité le bassin en céramique à renfort du Chanel n° 5 de la propriétaire des lieux. Une largesse prodigue sur les fonts baptismaux qui allait fonder sur le champ notre trio de l'étrange !

Nous nous revîmes ensuite à plusieurs reprises chez moi et JC pour deviser bande dessinée et philosophie. Puis nous échangeâmes ensuite sous pseudos de nombreux mails avant de participer à la plupart des sites dédiés sur la Toile à Tintin. Je crois pouvoir dire sans risque de me tromper que j'ai redonné du lustre sinon un sens à la piètre existence d'Azraëlle et de Jean-Claude lorsque je les ai adoubés comme mes camarades au Khi-Oskh Club.

A nous trois nous formons maintenant une "famille de papier", s'il est possible de reprendre cette formulation de Numa Sadoul, qui désigne chez lui le trajet accompli par Tintin depuis sa solitude initiale jusqu'à la fratrie dont il est parvenu à s'entourer (au lieu de réduire Tintin au passage de l'extrême-droite à un libéralisme de bon aloi). Dirait-on que Tintin, perdu sur terre, n'est qu'un petit garçon qui refuse de grandir, ce qui l'amène à comprendre le monde comme une seule et même famille en ne distinguant pas les individus et les cultures, et à vouloir magiquement rétablir un état d'innocence d'avant notre réalité décatie, faite de consumérisme et de fluctuation des êtres, nous n'adhérerions aucunement à la thèse qui prétend qu'il cherche à retrouver la mère nature – seule forme féminine qu'il puisse honorer.

De même que Tintin, Haddock et Tournesol se retrouvent pour former une famille (n'en déplaise à l'adage voulant que les héros de bande dessinée n'aient pas de famille!) et s'installer au château de Moulinsart à la fin du *Trésor de Rackham le Rouge*, Azra, JC et moi avons notre fief sur L'Ile verte où se trouve ma maison en bois qui surplombe la Seine, à 55 kms de Paris, dans les Yvelines. Il suffit que nous prenions mon bateau personnel pour traverser le "petit bras" du fleuve – fréquenté par les cygnes, les canards, les ragondins et les avironneurs du club de Meulan – et nous sommes tout de suite détendus, loin des rumeurs de la "vache bigarrée" qu'est la grand ville pour Zarathoustra. Une caisse de Despé, un barbecue et quinze Colonels plus tard, nous sommes parés, nos Tintin sous le coude, pour entrer en médiation Koquienne.
C'est ça la famille. La mufa style IAM.

Une famille avec des individualités fortes mais pas de chiards, qui se remplissent par un trou pour se vider de l'autre: faut pas déconner; le bon boy-scout en personne ne supporte qu'à peine ce petit diable d'Abdallah, rencontré dans *Tintin au pays de l'Or noir* (1950). Excédé par ce fils à papa gâté expert en cigares-surprise et autres cigarettes-fusées, Tintin qui ne s'emporte jamais contre un enfant lui file d'ailleurs une rouste de première : une fessée à faire se retourner Dolto dans sa tombe.
Hergé s'autorisant là à transgresser une des règles fondamentales de la BD (pour les feuilletons/illustrés de l'époque), nous n'acceptons d'autres lois que celles que nous nous donnons.
Comme Tintin.

4. Le grand T.n.T : un idéal explosif

Ce n'est pas pure contingence si le K.O.C se donne avec Azra, JC et moi comme une trinité pourchassant le mal bédéique. Fins connaisseurs de l'œuvre nous souhaitons éviter de sombrer dans la mauvaise gémellité du duponisme : plus d'un analyste voit en effet dans ce couple de policiers l'incarnation du Surmoi freudien – punitif et incompatible avec les exigences du moi narcissique (l'idéal du moi dont tient lieu Tintin) –, de la loi, de l'esprit de symétrie absolue, de l'appel à l'ordre (de surface), face à l'aventure débridée, à la dissymétrie comme permettant le progrès du monde.

À rebours, nous voulons tous trois former une cellule efficace et agissante. Que l'on puisse prendre au sérieux.

Or, les Dupondt, ces clowns malchanceux permanents qui pètent par la bouche, comme le dit sévèrement un commentateur, ne font que parodier les principes de l'éducation parentale. Bafouant par leurs bévues accumulées la loi qu'ils devraient au contraire énoncer en toute rigueur. A travers eux l'ordre est caricaturé, que nous entendons rétablir. C'est l'intérêt de partager les décisions à trois et non de s'emberlificoter les pinceaux en fonction d'un jeu de miroir létal.

Le K.O.C n'est pas assimilable à une de ces sociétés secrètes vouées au mal que traque Tintin au cours de la période théologique de l'œuvre. Ni souterrains, ni caves, ni tombeaux, ni îles, ni ruines, nous ne sommes pas l'envers du monde car c'est le bien qui nous meut. Et nous émeut.

Ainsi, tous les moyens sont bons pour perpétrer le Bien. A l'image de Tintin multipliant les métamorphoses puissantes pour contrer le Mal, en tant que membres du K.O.C, notre identité psychique est à géométrie variable. Ne sommes-nous pas le dernier rempart contre le Mal ? Les suppôts de Rasta possédaient le poison qui rend fou, le radjaïdjah ; avec Azra dont le père travaille dans l'industrie et la coloration du verre, nous en avons l'équivalent en la matière de microdoses d'antimoine et d'arsenic combinés que nous réservons aux méchantes gens. Le seul inconvénient est qu'il faut envoyer trois fléchettes avec l'arbalète que JC a reconditionnée au lieu d'une seule à la sarbacane comme dans Tintin (*CP*, C, 79, 43-4 ; *LB*, C, 79, 3-9), mais, d'après nos essais, cela devrait avoir le même résultat probant à la fin). Comme les membres de Khi-Oskh, nous nous considérons tels des frères (d'armes) mais nous n'avons pas de grade, privilégiant une structure horizontale réduite davantage que verticale indéfinie. Pas plus que nous ne disposons d'hommes de main pour exécuter notre "sale" besogne. Nul "Grand Maître" (Rastapopoulos) ou "Vénérable" (Mr Wang) qui tienne chez nous!

Le K.O.C est cet absolu en acte aux membres tels les "extra-terrestres" de *Vol 714 pour Sydney* qui reviennent par récurrence juger la science corrompue de l'occident et ses échanges fiduciaires pléthoriques qui abâtardissent sans relâche la déité hergéenne. Nôtre Pâque. (Notez que les Extra-terrestres qui débarquent dans *Vol...* le font pour la bonne cause: ils repartent avec l'infâme Rastapopoulos, ce dont personne ne se plaindra !)

Nous savons que les héritiers d'Hergé – duquel nous nous sommes institués le bras vengeur – ont perdu la foi : ils occupent des lieux de pouvoir vide, comme dirait Lefort : Moulinsart SA, le musée Tintin etc. Qu'ils comptent sur nous, les agents doubles, pour continuer à faire vivre comme il se doit le culte originaire – et non pas profiter de ses uniques deniers.
Car après nous, prosélytes de l'impossible, il n'y aura plus rien.
Seule nous importe la grandeur du T.N.T, trois initiales que nous avons fait tatouer à l'intérieur de nos poignets.
Le T.NT, un idéal explosif.

Et que nul ne s'avise de nous taxer de terroristes de pacotille : ce

n'est pas nous qui avons inventé (*AT*, C, 79, 23- 12) l'ouvrage *German Research in World War II*, du colonel américain Leslie E. Simon, qui visita les laboratoires allemands aussitôt après la Guerre, et où il est question d'utilisation militaire des ultrasons, à l'origine du sonar utilisé pendant la Deuxième Guerre mondiale. Mis au point par le physicien français Paul Langevin durant la Première Guerre, les premiers essais furent réalisés dans un évier de cuisine, ce qui n'aurait pas déplu au professeur Tournesol. Le test montre dans l'album (sans que personne n'y ait vu une prémonition) les gratte-ciel newyorkais s'effondrant sur leurs bases…
La terreur se trouve déjà dans Tintin.
  D'où notre devise :
Tintin est dans Tout
    car
Tout est dans Tintin

Si nous arborons le sigle de Khi-Oskh, ce cercle parodiant l'emblème du Bien dans *Les cigares du pharaon*, c'est pour le retourner contre le Mal véritable, la dénaturation du corpus tintinesque par ceux qui se l'accaparent indûment au lieu de laisser le suprême T.n.T à ceux à qui il appartient : ses lecteurs.
Il appert de fait que *Le Lotus bleu* et *Les cigares du pharaon*, prodromes fondateurs, nous ont appris la symétrie des deux pôles absolus de la morale : le Bien et le Mal, y observe Hergé, utilisent les mêmes stratagèmes pour réussir, légitimant ainsi une sorte de "ruse de la raison" heuristique à la Hegel. La secte des "Fils du dragon" de Mr Wang *(LB)* forme une vaste société secrète étendue à l'échelle de toute la population afin de contrer les agissements de la société secrète tentaculaire du de Khi-Oskh dirigée d'une main de fer par l'ignoble Rastapopoulos.
Récipiendaires du T.n.T, nous sommes ce truchement insaisissable par lequel le Bien doit apprendre à apposer des bornes à son propre pouvoir rédempteur – faute de se transformer en Mal. Apôtres insoupçonnés du tintinisme, nous

tentons donc autant que faire se peut d'élever les débats en fondant nos assertions par des références précises, l'objectif avoué de chaque séance étant de parvenir moins à persuader qu'à convaincre le détracteur présent dans nos murs de l'absurdité de sa thèse. La porte dialectique doit rester ouverte, qui lui permettrait de confesser sa crasse ignorance et de rejoindre nos rangs, échappant ainsi au pire qui l'attend. Comment ne pas avoir présent à l'esprit qu'avec *Le lotus bleu* Tintin lui-même renonce à imposer ses valeurs pour se mettre à l'écoute de l'Autre, selon un schéma non occidental ?

Lorsque nous dialoguons nous privilégions ainsi en termes de référence l'édition de 1979 – établie à partir de la version de 1956 – des *Aventures de Tintin* chez Casterman, puisque c'est à cette époque que nous, membres du K.OC, les avons découvertes. (Par exemple quiconque s'appuie sur *L'Affaire Tournesol* est prié de citer ses sources, ce qui facilite la mission d'Azraëlle, laquelle retranscrit les débats houleux de nos assemblées à partir des fichiers MP3 de son PDA. Ce qui donnera, illustration de la célèbre invitation du professeur Topolino à l'assoiffé capitaine Haddock : « Mais servez-vous si le cœur vous en dit... », *AT*, C, 79, 26-6 pour *L'Affaire Tournesol*, Casterman, 1979 reprint de 1956, p. 26, 6ème case à partir du haut à gauche). De la sorte il est très pratique de s'y retrouver pour qui ne dispose pas des repères immédiats dans l'œuvre qui sont les nôtres. Référer à un pastiche, moins connu, présuppose au contraire qu'on convoque le titre entier et l'éditeur quand il est mentionné, en suivant toujours le même décompte des cases par page, en suivant la disposition des cases de gauche à droite. (Cf. le glossaire de la liste des abréviations renvoyant aux titres des *Aventures de Tintin et Milou* en fin de ce volume).
Il va sans dire qu'une édition originale de tel ou tel titre sera toujours plus prestigieuse ou que l'Intégrale T.n.T disponible en Rombaldi sera plus classieuse à nos yeux (j'ai acheté il a deux mois sur eBay une édition princeps de *Vol 714 pour Sydney*,

Bruxelles, 9 mai 1968, avec dédicace imprimée de Hergé pour 1270,00 €), mais nous ne sommes pas ici pour afficher nos préférences esthétiques. Nous importe seulement la justice en la matière. Après tout, l'amour de la bande dessinée est un prétexte tout aussi valable qu'un autre pour mettre fin à la vie d'un malotru. Loiseau, Jorgen Sponsz, Mazaroff, Rastapopoulos : il y a déjà des figures notoires du mal dans *Les Aventures de Tintin*, nous pouvons sans peine ajouter quelques noms contemporains de notre cru à cette liste.
Au K.O.C, vous l'aurez compris, on ne fait pas tintin, on se fait Tintin.
Comme on se fait plaisir.

Fidèle à l'une des premières aventures de son mentor (*Tintin au pays des Soviets*), le K.O.C s'efforce d'aller en dessous des apparences, à l'instar de cette usine qui a l'air de produire à plein régime tandis qu'elle dissimule des décors façon Potemkine qui occultent la dure vérité de la misère des ouvriers. Tintin nous montre ici la voie : il importe de creuser la surface gelée des choses afin d'atteindre le noyau du réel – invisible au regard ordinaire. Tout le contraire de "Glissez, glissez, mortels, surtout n'appuyez pas", *dixit* l'autre peintre nordiste.
Nos ennemis à nous ne sont plus les communistes, les francs-maçons, les capitalistes ou les Juifs qui représentaient le mal absolu du temps d'Hergé parce qu'ils étaient supposés avoir entrepris une lutte à mort avec les gouvernements nationaux, ce sont des bandits dernier cri qui s'opposent moins au jeune héros qu'ils ne pillent le trésor constitué par ses aventures. Aujourd'hui, le problème n'est pas tant celui des valeurs que l'un des camps parviendra à opposer à l'autre que celui de la valeur même de l'univers tintinien qui se trouve corrompue de l'intérieur par la marchandisation ou la surinterprétation qui en est faite. Tintin, ce surhomme accomplissant des exploits impossibles, en quête d'un ordre transcendanl, et qui devrait représenter pourtant le modèle du dévouement et de la chasteté...

Si Tintin, à partir de son interprétation de la vie comme un drame manichéen dont l'issue n'est autre que le salut de l'univers, est à proprement parler obsédé par le Bien *pour nous*, êtres humains ici-bas, rien de plus normatif que nous soyons, nous membres du K.O.C, obsédés par le rééquilibre du Bien dans l'univers de Tintin *en soi*.

Aux âmes égarées que nous neutralisons pour réagir au laxisme ambiant, nous opposons en toute rigueur la formule de Philippus le prophète : "Le châtiment ! Aha! Ne l'oubliez pas !" (*EM*, C, 79, 3-4). Quoique je ne suis pas sûr que nous citions le Aha ! m'enfin...

Le déni tintinesque, ô suprême délit de lèse-Hergé, ne vaut-il pas alors autant que la concupiscence envers une blonde aux gros seins ou que la passion pour des sacs bourrés de billets de banque ?

Journal de bord
Tintinade 1

TINTIN EST UN CON
halansmithee.blogspot.com
2005-09-01

Quand j'étais jeune et comme tous les enfants, j'étais un fan de Tintin et je me délectais de ses aventures sans me poser de questions.

Or depuis que je suis un grand garçon, je trouve quand même qu'il y a beaucoup de choses qui clochent dans Tintin.

Je savais déjà que Tintin était limite raciste car « Tintin au Congo » n'y allait pas de main morte avec l'imagerie coloniale et son traitement petit nègre omniprésent tout au long de l'album, mais depuis, d'autres sales traits me sont apparus chez le blondinet.

Tintin est un nerd : eh oui, Tintin ne fréquente jamais de filles, vit avec son chien, ne pense qu'à son boulot, ne boit pas, ne fume pas, ne se drogue pas, ne fait pas de sport, s'habille comme un naze, parle comme un livre et a un appartement merdique. Sûr que si Tintin avait découvert le PC, il serait devenu le pire des nerds et aurait passé sa vie à faire des programmes sans jamais sortir de chez lui.

Tintin a des potes débiles : étrange quand même pour un mec si jeune d'avoir comme amis un marin alcoolique et caractériel, deux flics jumeaux schizophrènes, un vieux savant sourd gâteux, un jeune chinois dépressif, une cantatrice mégalo et j'en passe.

Franchement avec des potes comme ça, moi je me tire une balle.

Tintin est peut-être un barbouze : sérieusement, qu'est-ce qu'il fricote avec le général Alcazar ? Vous connaissiez beaucoup de chefs de république bananière à son âge vous ?

Tintin n'a pas de parents : ??????

Tintin est un fouille-merde : mais qu'est-ce qu'il vient mettre son nez partout lui ? Peut pas s'empêcher de fouiner tout le temps et de chercher la petite bête. Casse-couilles ce Tintin, franchement moi je l'inviterais jamais chez moi, dès le dos tourné il serait en train de chercher la boite à shit ou les Divx dans mon PC pour me jeter aux flics.

Tintin est un poissard : ne partez jamais en vacances avec Tintin, il va vous arriver les pires des catastrophes. Vous risquez de croiser le Yéti, des chinois trancheurs de têtes, des momies terrifiantes, des sectes encagoulées, des Picaros ronds comme des queues de pelles, des gorilles dans des châteaux (n'importe quoi !), bref que des trucs aberrants qui ruinent tes vacances. En même temps vu que c'est un fouille-merde, normal qu'il lui arrive des trucs relou.

Tintin est travesti : ouaip, limite drag queen. Il ne rate pas une occasion de se déguiser en cowboy, en chinois, en russe etc. un vrai penchant pour le transformisme notre Riquet à la houppe, pas très normal tout ça pour un célibataire.

Finalement, Tintin est un mec très peu recommandable, bourré de tares et chiant comme la pluie. Un con quoi.

Tiens, je vais envoyer Astérix et Obélix lui casser sa tête de piaf, va pas faire un pli le nerd.

5. Parodie, pastiche, pirate « Eih bennek, eih blavek »

L'allégorie de la caverne

« D'étranges prisonniers...
Figure-toi des hommes dans une demeure souterraine en forme de caverne, dont l'entrée, ouverte à la lumière, s'étend sur toute la longueur de la façade ; ils sont là depuis leur enfance, les jambes et le cou pris dans des chaînes, en sorte qu'ils ne peuvent bouger de place, ni voir ailleurs que devant eux ; car les liens les empêchent de tourner la tête ; la lumière d'un feu allumé au loin sur une hauteur brille derrière eux ; entre le feu et les prisonniers, il y a une route élevée ; le long de cette route figure-toi un petit mur, pareil aux cloisons que les montreurs de marionnettes dressent entre eux et le public et au-dessus desquelles ils font voir leurs prestiges.
- Je vois cela, dit-il.
- Figure-toi maintenant, le long de ce petit mur, des hommes portant des ustensiles de toute sorte, qui dépassent la hauteur du mur, et des figures d'hommes et d'animaux, en pierre, en bois, de toutes sortes de formes ; et naturellement parmi ces porteurs qui défilent, les uns parlent, les autres ne disent rien.
- Voilà, dit-il, un étrange tableau et d'étranges prisonniers.
- Ils nous ressemblent, répondis-je. Et d'abord penses-tu que dans cette situation ils aient vu d'eux-mêmes et de leurs voisins autre chose que les ombres projetées par le feu sur la partie de la caverne qui leur fait face ?
- Peut-il en être autrement, dit-il, s'ils sont contraints toute leur vie de rester la tête immobile ?
- Et des objets qui défilent, n'en est-il pas de même ?
- Sans contredit.
- Dès lors, s'ils pouvaient s'entretenir entre eux, ne penses-tu pas qu'ils croiraient nommer les objets réels eux-mêmes, en

nommant les ombres qu'ils verraient ?
- Nécessairement.
- Et s'il y avait aussi un écho qui renvoyât les sons du fond de la prison, toutes les fois qu'un des passants viendrait à parler, crois-tu qu'ils ne prendraient pas sa voix pour celle de l'ombre qui défilerait ?
- Si, par Zeus, dit-il.
- Il est indubitable, repris-je, qu'aux yeux de ces gens-là la réalité ne saurait être autre chose que les ombres des objets confectionnés.
C'est de toute nécessité, dit-il.

Une mystérieuse délivrance
- Examine maintenant comment ils réagiraient si on les délivrait de leurs chaînes et qu'on les guérît de leur ignorance, et si les choses se passaient naturellement comme il suit. Qu'on détache un de ces prisonniers, qu'on le force à se dresser soudain, à tourner le cou, à marcher, à lever les yeux vers la lumière, tous ces mouvements le feront souffrir, et l'éblouissement l'empêchera de regarder les objets dont il voyait les ombres tout à l'heure. Je te demande ce qu'il pourra répondre, si on lui dit que tout à l'heure il ne voyait que des riens sans consistance, mais que maintenant plus près de la réalité et tourné vers des objets plus réels, il voit plus juste ; si enfin, lui faisant voir chacun des objets qui défilent devant lui, on l'oblige à force de questions à dire ce que c'est. Ne crois-tu pas qu'il sera embarrassé et que les objets qu'il voyait tout à l'heure lui paraîtront plus véritables que ceux qu'on lui montre à présent ?
- Beaucoup plus véritables, dit-il.
- Et si on le forçait à regarder la lumière même, ne crois-tu pas que les yeux lui feraient mal et qu'il se déroberait et retournerait aux choses qu'il peut regarder, et qu'il les croirait réellement plus distinctes que celles qu'on lui montre?
- Je le crois, fit-il.
- Et si, repris-je, on le tirait de là par force, qu'on lui fît gravir la

montée rude et escarpée, et qu'on ne le lâchât pas avant de l'avoir traîné dehors à la lumière du Soleil, ne penses-tu pas qu'il souffrirait et se révolterait d'être ainsi traîné, et qu'une fois arrivé à la lumière, il aurait les yeux éblouis de son éclat, et ne pourrait voir aucun des objets que nous appelons à présent véritables ?
- Il ne le pourrait pas, dit-il, du moins tout d'abord.

L'initiation
- Il devrait en effet, repris-je, s'y habituer, s'il voulait voir le monde supérieur. Tout d'abord ce qu'il regarderait le plus facilement, ce sont les ombres, puis les images des hommes et des autres objets reflétés dans les eaux, puis les objets eux-mêmes ; puis élevant ses regards vers la lumière des astres et de la lune, il contemplerait pendant la nuit les constellations et le firmament lui-même plus facilement qu'il ne ferait pendant le jour le soleil et l'éclat du soleil.
- Sans doute.
- À la fin, je pense, ce serait le soleil, non dans les eaux, ni ses images reflétées sur quelque autre point, mais le soleil lui-même dans son propre séjour qu'il pourrait regarder et contempler tel qu'il est.
- Nécessairement, dit-il.
- Après cela, il en viendrait à conclure au sujet du soleil, que c'est lui qui produit les saisons et les années, qu'il gouverne tout dans le monde visible et qu'il est en quelque manière la cause de toutes ces choses que lui et ses compagnons voyaient dans la caverne.
Il est évident, dit-il, que c'est là qu'il en viendrait après ces diverses expériences.

Un retour malheureux
- Si ensuite il venait à penser à sa première demeure et à la science qu'on y possède, et aux compagnons de sa captivité, ne crois-tu pas qu'il se féliciterait du changement et qu'il les prendrait en pitié ?

- Certes, si.
- Quant aux honneurs et aux louanges qu'ils pouvaient alors se donner les uns aux autres, et aux récompenses accordées à celui qui discernait de l'œil le plus pénétrant les objets qui passaient, qui se rappelait le plus exactement ceux qui passaient régulièrement les premiers ou les derniers, ou ensemble, et qui par là était le plus habile à deviner celui qui allait arriver, penses-tu que notre homme en aurait envie, et qu'il jalouserait ceux qui seraient parmi ces prisonniers en possession des honneurs et de la puissance ? Ne penserait- il pas comme Achille dans Homère, et ne préférerait-il pas cent fois n'être qu'un valet de charrue au service d'un pauvre laboureur, et supporter tous les maux possibles, plutôt que de revenir à ses anciennes illusions et de vivre comme il vivait ?
- Je suis de ton avis, dit-il ; il préférerait tout souffrir plutôt que de revivre cette vie-là.
- Imagine encore ceci, repris-je ; si notre homme redescendait et reprenait son ancienne place, n'aurait-il pas les yeux offusqués par les ténèbres, en venant brusquement du soleil ?
- Assurément si, dit-il.
- Et s'il lui fallait de nouveau juger de ces ombres et concourir avec les prisonniers qui n'ont jamais quitté leurs chaînes, pendant que sa vue est encore confuse et avant que ses yeux se soient remis et accoutumés à l'obscurité, ce qui demanderait un temps assez long, n'apprêterait-il pas à rire et ne diraient-ils pas de lui que, pour être monté là-haut, il en est revenu les yeux gâtés, que ce n'est même pas la peine de tenter l'ascension ; et, si quelqu'un essayait de les délier et de les conduire en haut, et qu'ils pussent le tenir en leurs mains et le tuer, ne le tueraient-ils pas ?
- Ils le tueraient certainement, dit-il. »

Dieu que ce texte est long : c'est le début de l'année scolaire mais déjà certains élèves s'ennuient et bayent aux corneilles, plus mortifiés que la momie Rascar Capac. Ça devrait les intéresser pourtant de comprendre que nous ne vivons plus dans le monde réel. Jamais autant qu'à notre époque les faux-semblants n'ont été aussi adulés mais ils s'en foutent. J'essaie de leur expliquer, pour ne pas m'endormir moi-même, que le simulacre est le pire des dangers ; qu'il surpasse de beaucoup les affres de l'illusion. Que ce texte vénérable de Platon (*République*, livre VII, trad. Émile Chambry, © Les Belles Lettres, Ed 1948, t. II, pp. 121 sq.), qui date du 4ème siècle av J.-C., les concerne au premier chef.

Toute notre société n'est-elle pas moulée sur ce modèle ? Une grotte qui ne dit pas son nom où nous sommes agis plus qu'acteurs de notre existence. Nous aussi nous nous croyons libres lors même que nous sommes prisonniers de nos propres désirs, ces chaînes invisibles que recouvrent les fleurs des possibilités démocratiques. Celui qui prétendrait éclairer autrui sur son sort en subirait un des plus infâmants. Cause en est que la plupart des individus jouissent de la servitude volontaire par laquelle ils se démettent de leur fonction critique et se remettent pieds et poings liés à la botte du tyranneau local qui pensera pour eux. L'élévation dialectique et la contemplation de la lumière de la vérité – cette *alèthéia* qui devrait pourtant lever le voile sur la torpeur léthargique de l'endoctrinement – ne saurait sauver l'homme : le philosophe ne fait pas poids face à la foule, l'instinct grégaire, tel semble le message de Platon.

Mais voilà que j'ai l'air d'un chameau en train de déblatérer dans le désert. En face de moi les contours se font plus flous, les uniformes se déforment, les regards s'estompent, les paroles s'enlisent. Un voile cotonneux tombe. Mon esprit divague.
Je me prends à imaginer jusqu'où le simulacre pourrait avoir valeur : par exemple, pour revenir à ma marotte, on dit volontiers que l'œuvre d'Hergé tient principalement dans les 24 albums officiels de Tintin. *Quid* alors des centaines et centaines de parodies du grand œuvre qui circulent sous le manteau et se

vendent tous les jours que Dieu fait ? Ce sont des pastiches et des pirates, plus ou moins respectueux des codes hergéens, certes ; il n'empêche que pléthore d'aficionados y voient une continuité, un prolongement de Tintin, au grand dam de son créateur ayant interdit que sa créature lui survive sur le papier après sa mort. Cette posture tintino-frankensteinienne peut-elle être dépassée? Les imitations de Tintin pourraient-elles, contre toute attente, être une des formes de sa vérité (pour ne pas dire de sa réalité) ou faut-il les condamner comme autant de plagiats éhontés et de contrefaçons bédéiques qui blasphèment à outrance le credo hergéen?

Les tintinologues-tintinophiles puristes rechignent à l'idée que le jeune et charmant reporter ait une nouvelle vie, récusant comme trahison suprême tout anti-Tintin qui se présenterait et saborderait la vertu de son modèle originaire. Non pas que Tintin soit exempt de tout reproche : outre sa sexualité volontairement inexistante, sa philosophie de parfait boy-scout et son courage de chevalier, le bougre qui aspire à éviter toute polémique idéologique aura tout de même connu un revirement quant à ses idéaux socio-politiques. Ami de dictateurs ou monarques absolus il sait aussi s'opposer aux inégalités politiques et au racisme. Ainsi vole-t-il au secours des Noirs vendus comme esclaves (*Coke en stock*) et sait-il goûter, par une douce soirée de printemps, les charmes des guitares et des chants tziganes qui montent des clairières proches de Moulinsart (*Les Bijoux de la Castafiore*). Ce Tintin-là ne semble point infidèle à celui qui, dès 1935, dans *Le Lotus bleu*, défend un tireur de pousse-pousse chinois contre la brutalité d'un Anglo-Saxon de Shanghaï, membre de l'Occidental Private Club...

Ce qui est inaltérable en lui, ce sont ses valeurs sur la moralité et le savoir-vivre. Poli et sobre, sain de corps et d'esprit, il n'a de cesse de vouloir défendre la veuve et l'orphelin. Or les parodies viennent justement modifier ces données-ci, donnant lieu à des récits explosifs où la sexualité, le langage et le dévergondage du héros sont (fausse-)monnaie courante. La question est donc de savoir si l'infidélité à l'origine est ou non une tare. Fait évident, toutes ces versions-métastases des *Aventures*... n'auraient pas le succès qui est le leur s'il n'y avait pas des amateurs de Tintin prêts à débourser leurs derniers deniers pour posséder une nouvelle aventure, une histoire inédite faisant revivre devant leurs yeux émerveillés leur héros en titre.

Faut-il les en blâmer ? Genre *Total Recall*, les lumières factices du dôme et de la grotte sont plus rassurantes que l'éclat violent du vrai soleil... Puisqu'elle se ramène à une "perversion de la tendance à l'introversion" afin d'imposer son ordre propre à un réel par trop abstrait en fétichisant à outrance des objets, comme le note Baudrillard dans son *Système des objets*, la collectionnite participe certes d'une non-relation au monde (c'est une sorte de petite mort pour le même essayiste dans *La séduction*) ...mais elle est aussi, paradoxe, ce qui conditionne la bonne santé de la Fondation Moulinsart. Ce qui fait, pour reprendre le titre d'une parodie, que *Tintin revient* !

Difficile de s'en passer. Sans sommeil pas de réveil. Sans Léthé, pas d'*alétheia*.
La vérité a besoin du mensonge pour éclairer toutes ténèbres et les dépasser.

La sonnerie du lycée retentit soudain me ramenant à une réalité dont je ferais bien l'économie. Un à un les élèves déposent sur le coin du bureau leur copie, contestant l'intérêt pédagogique de l'exercice auquel je viens de les soumettre : dessiner l'allégorie de la caverne, suite à la lecture orale que j'en ai faite, puis en dégager l'enjeu philosophique.

Le soir venu, je ne manque pas de reprendre cette question avec JC, elle est structurelle de la charte éthique du K.O.C. Sans me faire l'avocat du diable, je soutiens devant JC, une fois cinq Schweppes-vodka et les lasagnes maison expédiés, que la dimension parodique est plus endogène qu'exogène à l'univers hergéen.

Une fois n'est pas coutume, nous sommes plus ou moins affalés dans le salon tandis que crépite le feu de cheminée dans le double insert.
« – Montrer du doigt les pastiches qui polluent Tintin c'est une chose, j'affirme en sirotant mon champagne Haton bien frappé ; encore faudrait-il ne pas oublier qu'Hergé en personne a retouché à plusieurs reprises au fur et à mesure des années (et du succès de son œuvre) chacune des aventures de son héros afin de ne pas desservir l'idéologie tintinienne. Ou plutôt, afin d'aller dans le sens de l'idéologie libérale contemporaine – Pierre-Yves Bourdil l'absout dans son *Hergé* en notant que ces nombreuses reprises et adaptations sont au service de la cohérence ou de l'homogénéité des albums. L'auteur de Tintin s'est par conséquent autoriser à modifier ce qui avait été en quelque sorte gravé dans le marbre de l'imprimeur.
– Mais il en avait le droit, intervient JC qui suçote un à un avec méticulosité les escargots qui trépignent dans l'assiette posée sur la table basse. Il est le père de Tintin, ce n'est pas le cas de ceux qui imitent Tintin aujourd'hui pour en faire pis que pendre ! Ils n'ont rien conçu eux-mêmes et se permettent de tripoter la progéniture d'Hergé, c'est gonflé quand même !

J'abonde dans son sens, tentant par une manœuvre discrète de rapprochement de faire main basse sur quelques cagouilles farcies au beurre et à l'ail, mais le Zatopi est leste : plus je parle moins je vais en manger, c'est sûr !
– Dac sur ce point, JC. J'observe juste que le procédé de modification d'un support originaire n'est pas incompatible avec le devenir de Tintin puisqu'il le rend justement possible. Interdire les versions pirates sous prétexte d'une insupportable

atteinte à l'héritage hergéen est ainsi plutôt limite de la part de la fondation Moulinsart. Tu sais comme moi que le premier album, *Tintin au pays des Soviets*, difficilement récupérable au vu du changement de contexte après la guerre, a été éliminé des œuvres complètes et est resté hors commerce jusqu'à ce que, les versions pirates se multipliant, les éditions Casterman le ressortent en 1973. En rééditant l'album parce qu'il existait des copies sans son imprimatur, Hergé a coupé l'herbe sous le pied des pirates. Une attitude assez intelligente !
– Mmm, fait JC la bouche pleine et la lippe brillante. (Ce mec serait prêt à vendre sa pov' mère de Semur en Auxois pour ripailler jusqu'à l'éternité, tel l'Ugolin dantesque condamné à dévorer éternellement ses propres enfants).

Il ne reste plus que quatre escargots dans l'assiette. Je reprends.
« – Autant dire, sur le long terme, que la parodie de Tintin rend service à l'œuvre Tintin, non ? A moins de soutenir, sinon, que la parodie crée une ambiguïté sur la paternité de l'œuvre et que, derrière elle, se cache une entreprise commerciale qui fait de l'ombre à Tintin ?
– Moi je veux bien, rétorque JC en recrachant sur la table qui en a vu d'autres quelques débris de coquilles, mais ce serait une grosse erreur de mettre sur un pied d'égalité toutes les productions pirates de Tintin. La même erreur (il sourit comme un golgot), on n'est pas en cours en train de distinguer la morale aristotélicienne de celle de Kant, qui revient à voir dans l'intention un critère... Selon moi, les interprètes qui en surajoutent devraient subir le même sort que les Dupondt : le Surmoi que symbolisent les deux policiers se développe pendant la période anale de la seconde typologie freudienne, en même temps que l'apprentissage de la parole et de la propreté mais les Dupondt échouent à respecter la loi qu'ils énoncent, demeurant ainsi hétéronomes, soit à un stade pré-œdipien du développement. Quand ils confondent de l'aspirine avec un produit, le N 14, servant à faire exploser les moteurs à essence

dans *L'Or noir*, ils se transforment en robots sur le point d'exploser : sorte de diarrhée de toutes les couleurs, des poils leur poussent sur le crâne comme s'ils expulsaient toute leur saleté intérieure par le haut. Leur tête sans cervelle explose et ne fonctionne plus que sur le mode anal, non ?! C'est ce que font les parodistes qui transforment la substantifique moelle tintinienne en matière excrémentielle pour polluer ce qu'ils n'ont pas su aimer. Ceux-là, on devrait les punir comme le fait Dante dans le cercle des Enfers : en les plongeant dans une marmite de merde tête en bas !

–Et moi, glissé-je sournois, je me déguise en Milou diabolique qui leur pique le cul à coup de fourche tant que tu y es ?

– Bah, sourit JC en chopant un gastéropode de plus, tu sais, tête en haut, tête en bas, ce serait une belle résurgence du problème qu'affronte Haddock dans *Coke en Stock* quand un perfide marin lui pose la question de savoir s'il va dormir barbe au-dessus ou en-dessous de la couverture (*CS*, C, 79, 42-6). Evidemment il n'en fermera pas l'œil de la nuit...

Je ris de bon cœur mais je ne lâche pas l'affaire et je fais revenir sur les rails la loco Zatopi qui semble déjà rêver de repos en gare.

– Allez, il faut revenir à l'essentiel. Tu parlais des cours tout à l'heure ? Un peu de conceptualisation ne nous fera pas de mal. Je suggère qu'on distingue les termes que nous mélangeons toujours à la va-comme-je-te-pousse : pirate, pastiche, parodie, c'est pas la même chose !

– J'y crois pas, tu vas quand même pas ratiociner et enculer les mouches avec Tintin ? me dit JC faussement courroucé.

– Que nenni, mon ami, le calmé-je. J'aimerais juste qu'on évite de "se perdre en tergiversations fallacieuses", comme on dit si bien dans les cours d' I.U.FM et qu'on soit au clair sur ce que recouvrent ces acceptions...

JC me lance un clin d'œil complice. Il parvient même à esquisser

une sorte de révérence obligée en se courbant au bas du fauteuil club où il me fait face, sur le tapis en fausse peau de vache que nargue l'immense fusée lunaire gonflable du plafond. .
– *Damned*, à toi l'honneur, Socrate ! m'invite-t-il.

Le temps que je le zyeute de nouveau je me rends compte qu'il a engouffré le dernier escargot. Je me lève pour préparer vite fait un guacamole maison que j'agrémente de quelques chips épicées. Comme on n'a plus de bière mexicaine, je me résigne à sortir un Fitou « chasse gardée » 2002 plutôt destiné à accompagner les plats en sauce.

Je dépose ces offrandes sur la table et je repars.
– Il faut commencer par le commencement : il y a assez peu de parodies – 6 ou 7 – qui font dans le graveleux ou la luxure frisant le X. Mais si en tintinophile intégriste on appelle pornographie le fait de dessiner un Milou en train de pisser alors on ira jusqu'à vouer aux gémonies *Tintin en Thaïlande* tandis que ce récit ne mérite pas d'être diabolisé ! Pas plus en tout cas que certains passages des *Zinzin* d'Exem, assez extraordinaires, qui sont beaucoup plus limite.
– Tu ne vas pas me dire, peste JC, que les nouveaux comportements de Tintin ne sont pas conçus pour salir son image ou celle d'Hergé ? Et qu'il faut mettre sur le même plan le débile *Tintin chez les rastas* et *Krof Krof au Congo* ou *Chaud équateur* ? On voit que tu n'as pas lu l'immonde *Les sept boules de Kristell,* toa ! Pourq...
– ...Non, le coupé-je, je ne vais pas jusque là. À la limite, le dessin parodique d'un Mirande caricaturant le *Lotus bleu* en campant un Tintin et Milou – peu dégourdis mais assez dévergondés – occupés à mater depuis le vase où ils sont réfugiés une pin-up à cravache, aux jambes chevalines en bas résille sur hauts talons et corset rivalisant avec de longs gants noirs, me suffit. Quoique nous ne la voyons que de dos... Je remarque juste que beaucoup des auteurs vers qui nous tournons

nos canons se foutent royalement de Tintin. Et encore plus d'Hergé ! Pour eux, Tintin est le prétexte idéal pour exprimer des idées extrêmes, qu'elles soient comiques ou non, afin de moquer notre quotidien. *Tintin et le Pustaha* mérite ainsi d'être connu. Rien à voir avec *L'affaire Roswell* ou *Mystère à Moulinsart* !
– Si tu veux, concède-t-il en ouvrant le Fitou, hum, pas mal l'étiquette : marrant ce sanglier ! T'as vu ce groin ? Mais qu'en est-il de la définition des termes dont nous parlions ?

À la vue des mets qui s'amoncellent (j'ai prévu une salade feuilles de chêne du jardin aromatisée au romarin et à l'estragon avec quelques bribes d'oignon rouge), le voici de nouveau aussi motivé que salivant, à la bonne heure ! Le chanteur Renaud a dit un jour, à l'encontre de miss Thatcher, que la force présumée de l'homme tenait dans sa queue ou dans son flingue, il a oublié sa bouche !
– Mais tu suis, ma parole ! je lui rétorque. (Ça me fait songer au mot de Desproges : "Je pense donc tu suis !")
OK, *let's go* ! Bon, on emploie les mots pirate ou piratage lorsqu'il y a "pillage". Lorsqu'une œuvre est reproduite sans payer les droits de reproduction au(x) propriétaire(s).
– Comme par exemple *Tintin au pays des Soviets* ?

Je confirme en piochant dans le guaca et en découpant l'andouille 5A que j'ai apportée à la rescousse alors que JC verse, non sans componction, le vin grenat dans les grands verres à ballon.
– Oui, c'est le cas le plus caractéristique dans l'œuvre d'Hergé, l'édition originale a été piratée pendant de nombreuses années. Tandis que le terme pastiche (tiré de l'italien *pasticcio* qui signifie la "pâte") évoque une activité très ancienne, du côté de l'imitation, connotée négativement. Il n'empêche, le mot est des plus ambigus puisque situé à mi-chemin entre la moquerie et la référence admirative. Il y a pastiche d'Hergé quand on prolonge

l'univers de Tintin en restant dans l'esprit hergéen tant au niveau plastique qu'au point de vue du récit.
– Tu m'étonnes, acquiesce-t-il, il ne suffit pas de gribouiller un vague Tintin pour réaliser un pastiche !

Je vide mon verre d'un trait, le mécréant l'a rempli moitié moins que le sien...

– Il est vrai que le pastiche est parfois proche de la parodie. Tiens, ressers-moi un verre mon JC, tant que t'y es. Merci. On parle même d'autopastiche dans la situation où un auteur imite ses propres réalisations (cette expression a été employée à propos des *Bijoux de la Castafiore* si je ne m'abuse).
– Mouais, et la parodie alors ? relance JC comme au poker menteur.

Je n'en attendais pas tant. Là, je suis sur mon terrain. Le premier étourneau qui traverse, *pool* en plein vol !
– Le mot parodie désigne une œuvre littéraire ou artistique qui transforme une œuvre préexistante de façon burlesque, ludique ou satirique. Tout comme pour le pastiche, le sens populaire du terme est péjoratif parce qu'évoquant une "imitation grossière". On parle ainsi de "parodie de justice", de "parodie de discours", etc.

Le malotru ose m'interrompre, malgré mon poste de guet imprenable. Il croit pouvoir tirer mieux que moi ou quoi ? Les traîtres à Tintin, c'est pas la gallinette cendrée, mince !
– Il s'agit là pourtant là encore d'un genre historique, sans forcément de connotations péjoratives ! Ceci dit, je comprends que tu ranges sous cette terminologie les nombreux hommages graphiques à l'œuvre d'Hergé...
– Ouaip. Je reprends la main fissa avant qu'il ne pousse son avantage. Différence de nature ou de différence de degré, c'est selon, mais ces distinctions permettent, c'est l'essentiel, de

distinguer le blasphème grossier de Buquoy et *Les aventures apocryphes* de Tintin par Von K, sorties en 2005, plus spirituelles et respectueuse des personnages d'Hergé qu'il y paraît. Par exemple, avec le premier titre, *Le lotus noir* (qui garde un lien étroit avec *Le Lotus bleu*), on apprend que Tintin est seul. Ses amis sont morts et la vie de château (à Moulinsart) n'est plus qu'un lointain souvenir. Sans commune mesure avec le gentil reporter belge, le héros traîne sa solitude dans les bras d'une étrange veuve et consomme des douceurs hallucinogènes – opium ou autres – qui lui permettent de retrouver un peu le piment des ses aventures passées !

JC se repaît de morceaux d'andouille. Il se remet dans le sens de la file, refusant de jouer à *16 blocs*.
– Je suis d'accord, admet-il, pour dire que Von K ne présente pas avec son anti-Tintin un héros dépravé. Ce Tintin est un tout autre personnage, qui souffre humainement. En *has been*. La vie est difficile pour cette star hors-jeu, à peine rentier et condamné, c'est le deuxième titre de la série, aux paradis artificiels pour se sentir exister.
– Ah ! je surenchéris, *Les névroses de Tintin* c'est étonnant. Trois récits différents sans lien avec *Le Lotus noir* et évoquant le noctambulisme, la folie et le labyrinthe. Ce sont là ce que j'aimerais désigner, si tu n'y vois pas d'inconvénient, comme de "pures" parodies : imprimées avec beaucoup de soin, elles sont livrées avec un certificat d'authenticité délivré par L'œil du pirate !
– Soit, précise Zatopi grand seigneur, mais à condition de souligner qu'il s'agit de recyclages (on les trouve en masse sur eBay) qui ne correspondent pas exactement aux versions originales qui ont circulé en très peu d'exemplaires.

Je poursuis sur ma lancée :
– Tu sais bien que *Les névroses de Tintin*, à l'origine une BD tout en couleurs, a vu ses planches numérisées en niveaux de

gris en passant chez L'œil du pirate. Je me doute que ça coûte moins cher mais ça m'énerve ! Il y a une dizaine de versions, toutes plus pourries les unes que les autres, de *Tintin en Irak*, *Pin-Pin et l'or noir* ou du *Piège bordure*. Les collectionneurs qui raquent 25 € pour ces torche-culs mal fagotés se font vraiment avoir, qu'on ne me dise pas le contraire (y a pas que Tintin qui est névrosé là...) ! Si les parodies de qualités retombent dans le mauvais pastiche à cause de transpositions pirates on s'en sort plus... De toute façon on ne connaît même pas von K, l'auteur réel de ces parodies : un petit malin qui sait se servir d'un ordi et de Photoshop peut arrondir ses fins de mois sans trop de souci s'il se cale sur ce filon.
– C'est sûr, éructe mon alter ego en avalant les chips recouvertes de mousse vertes, et tu noteras que c'est le sens de notre action au K.O.C. On n'a pas spécialement de raison d'ennuyer un Von K alors que faire passer l'arme à gauche à un Buquoy c'est de l'ordre du service rendu à la nation. La Fondation Moulinsart devrait nous décorer, tiens !

JC et moi on se marre grave à cette idée.
– Tu me diras, reprend-il, si on ramène ce débat à une simple question économique, plutôt que de conceptualiser au risque d'errer tel Parménide face à la déesse, autant conseiller aux amateurs de Tintin le site "Tintin parodies" où des tintinophiles font revivre leur héros. Le topo est clair : au lieu de se refaire l'intégrale Tintin en Rombaldi ou de s'acheter à prix d'or une bonne vieille statue du reporter à la houppette peroxydée qui a plus de soixante-quinze ans (saperlipopette !), deux clics et hop ! les pastiches et détournements tintiniens pleuvent à foison... Les parodies originaires étant hors de prix, le créateur du site a voulu réagir contre cette exploitation en mettant à disposition gratuitement depuis 1998 ces œuvres ...

On est sur la même longueur d'onde. Y a pas à dire. Il ajoute :
– L'évènement déclencheur a été, je suppose, la sortie en grande

pompe, sous le contrôle de Moulinsart SA, de *Tintin et l'Alph-art*, album inachevé d'Hergé dont il n'existe qu'une quarantaine de pages de crayonnés...

- Tu l'as dit bouffi, on trouve sur tintinparodies, à un coût non prohibitif, le prolongement de cet album par l'excellent Yves Rodier. Sans parler de la version de "Ramo Nash"...

– Okay pour ces titres mais bon, commence à s'énerver JC, la production part dans tous les sens et n'est pas toujours canalisable : combien, sur ce "Canal RG", de parodies crapoteuses qui se contentent de reprendre des vignettes d'albums existants face à des pastiches plus habités (*T.N.T contre Mister Georges*, *La 3ème énigme*, *Le lac aux sorcières*, *Les harpes de Greenmore*, *Tintin contre Batman*) qui s'inspirent, eux, de l'esthétique d'Hergé ?

Un bruit soudain nous fait sursauter. Une bûche vient de dégringoler dans l'âtre, ramdam de tous les diables contre le verre de l'insert. On dirait la boule de feu qui envahit le salon où gît Rascar Capac dans *Les sept boules de cristal*. Je me lève d'un bond pour rétablir l'ordre avec ma pince Spéciale insurrection ignée. Quand on vit dans une maison en bois, les flammes doivent apprendre à filer doux. Sinon autant commander une boîte qui sent le sapin de suite...

– C'est ce qui arrive, souligne mon camarade philosophe entre deux bouchées, quand on pose que Tintin, témoin clef du XXe siècle, n'appartient à personne si ce n'est à ses lecteurs. Et que ceux qui font du business sur son dos d'ex-héros populaire l'ont transformé en vivier à cravates et statuettes pour quadras friqués. Ou à dessins animés aseptisés pour des « adoleschiants » qui ne savent plus lire.

Dans *L'Oreille cassée*, ne puis-je m'empêcher de songer à part, les hommes commettent la même erreur : ils transforment un objet sacré, le fétiche, en une marchandise monnayable. (Hergé souligne souvent la dégradation des valeurs traditionnelles en signes obsolètes mais circulant de façon de plus en plus rapide, le commerce se muant hélas! en la seule vérité de l'histoire). Rastapopoulos vend ainsi n'importe quoi, armes comme drogue, pétrole ou esclaves à n'importe qui ; la morale se rabougrit complètement avec la formule de Dawson après avoir vendu douze avions Mosquitos à Alcazar : "Qu'ils se débrouillent ! Nous, pourvu qu'on leur refile notre camelote ! (*CES*, C, 79, 12-12). Il est logique, partant, qu'un sort similaire soit réservé aux mauvais parodistes emportés par le démon trompeur de l'argent. Qui ne concédera que le bon tininolâtre ne peut être que celui qui accepte de servir les symboles tintiniens plutôt que de vouloir les asservir à ses propres finalités ?

Selon un exégète, la devise syldave "Eih bennek, eih blavek" (*SO*, C, 79, 21) fondée sur l'altercation entre Ottokar IV et le jeune baron Staszrvich au sujet du sceptre, symbole de la royauté, rappelle, tout au long des *Aventures de Tintin* que l'on ne doit pas "vouloir tuer le Père ni ravir le Phallus", signe de l'unicité de celui qui le détient. C'est pourtant ce dont rêvent tous les parodistes. Le K.O.C est donc là pour appliquer à la lettre cette devise : Qui s'y frotte s'y pique.

Ou si l'on préfère cette version : Ici je suis, ici je reste.

– « Décidément c'est trop dur pour un héros de vivre avec son temps ! » conclut JC qui, après avoir embrayé, baille à s'en décrocher la mâchoire. Sur la table blanc cassé du salon ne restent plus que les vestiges de ma cuisine d'un soir. Onatoubutoutmangé. *That's Mézy's life !*

Le soir est plus qu'avancé, nous devons travailler demain matin et je propose qu'on remette à une autre fois, si possible avec Azra, ces questions. On calera ça au calme sur mon île, le temps d'un week-end prolongé ou des prochaines vacances scolaires, avec feu de cheminée et Champomi à l'appui.

6. Ou comment réinventer sa vie

Coup d'éclat et de génie à la fois, le premier invité du K.O.C fut Serge Tisseron, connu pour avoir commis quatre ouvrages importants sur le père de Tintin : Hergé ; *Tintin et les secrets de famille ; Tintin chez le psychanalyste; Tintin et le secret d'Hergé.* Que « Les Aventures de Tintin » captivent un public toujours renouvelé, cela est une évidence. Mais Serge Tisseron a insisté plus qu'aucun autre sur part de mystère des principaux héros de la famille hergéenne. Malgré sa notoriété mondiale, Tintin lui-même n'est-il pas éternel enfant ? Sans défaut mais aussi sans (vraie) famille...
À ma grande surprise, le psychanalyste a accepté de me recevoir dans son cabinet lorsque je lui ai indiqué au téléphone que je travaillais pour un site littéraire à un résumé de ses recherches sur Tintin. L'entretien s'est déroulé de façon agréable et le géant grisonnant fort dégarni à la barbe poivre et sel chapeautée d'un regard perçant – et plus noir qu'un puits – a accepté dans la même ouverture d'esprit mon invitation à une soirée du Kish-Oskh Club, se déroulant dans le petit appartement parisien de JC (qui a l'avantage de donner au rez-de-chaussée sur une cour déserte le plus souvent), dont il serait l'invité d'honneur. Revêtir la tenue traditionnelle lui a certes paru plus discutable mais il s'est plié de bonne grâce à notre rituel.

JC attaque bille en tête, pendant que le PDA enregistre les minutes de l'improbable procès :
– « Vous posez la question, Serge, de savoir si Tintin est le prénom ou le nom de famille ou le surnom du héros de Hergé? Vous vous demandez pourquoi les Dupond et Dupont, jumeaux parfaits qui représentent son père et son oncle ne portent pas le même nom ? Vous semblez sous-entendre que le chevalier de Hadoque, l'ancêtre du capitaine Haddock, a reçu des mains de Louis XIV le château de Moulinsart, dont le blason est un

dauphin couronné parce qu'il serait un fils bâtard du Roi-Soleil. Mais on s'en fout, non ?
– Écoutez, là, je vous trouve bien radical tout de même. L'objectif de mes essais consiste à confronter les multiples questions soulevées par les personnages principaux des *Aventures de Tintin* aux récentes découvertes des biographes du dessinateur. Or, je montre en ce sens que Hergé, élevé dès sa plus tendre enfance sous le poids d'un secret de famille énigmatique, a laissé dans son œuvre de nombreuses traces inconscientes de ses interrogations. Et qu'il est possible à tout un chacun de relever aujourd'hui ces traces dans les vignettes des albums. Ça ne me semble pas si inutile que ça...
Sur un geste discret de ma part, Azraëlle le coupe aussi sec.
- Que pensez-vous des fans de Tintin prêts à tout pour communier avec leur idole ?
– Pour ma part, laisse tomber un Tisseron décontenancé par ces questions qui partent à hue et à dia, je regrette surtout, que les héros imaginés par Hergé ne soient pas dans le domaine public. (Or, avec *Le Lotus bleu*, Tintin devient un héros romanesque : il est pris dans une trame dont il n'est pas le maître absolu). Voyez-vous, la popularité d'un héros de fiction se mesure à son degré d'appropriation par son fan club. Et on peut faire beaucoup de choses avec Tintin ! Par exemple les sites Internet, les nouvelles technologies rendent possible la liberté d'appropriation de tout par chacun. Si cela se fait autant, c'est parce que ça correspond à un désir et à une nécessité psychique : nous ne nous approprions bien que ce avec quoi nous pouvons jouer et que nous pouvons transformer.

Je me permets d'ajouter, histoire de participer à mon tour :
– Ce qui, avant, ne se faisait qu'avec le langage ?
– Exact, et maintenant, grâce aux technologies numériques et à l'Internet, ce même désir passe aussi par les images. C'est pourquoi je regrette que nous n'ayons pas la liberté de jouer avec Tintin, de modifier son image, de la mettre en ligne, ou de le

caricaturer sous peine de poursuite.

C'est à notre tour d'être tous trois perturbés par cette remarque du psychanalyste qui s'inscrit en plein dans notre philosophie tintinesque. Nous nous regardons sans mot dire, le sous-entendu s'insinuant telle l'eau froide lors d'une première plongée : et si le bougre n'était pas si dangereux que cela ?

– Qu'est-ce qui vous turlupine alors dans les *Aventures de Tintin*, relance Jean-Claude ?

– Eh bien, en substance, comme je l'appréciais beaucoup, j'ai décidé de travailler sur cette œuvre en commençant par retrouver le fil des questions que je m'étais posées enfant, quand je l'avais lue, et qui étaient restées sans réponse.

« Or, il y a selon moi dans *Tintin* beaucoup de choses étranges : la ressemblance de Dupond et Dupont, qui ne sont pourtant pas frères ; la transformation de Haddock au fil des albums ; le dénouement pratiquement incompréhensible de certaines histoires, comme *Le Trésor de Rackham le Rouge*...

En étudiant toutes ces bizarreries, j'ai finalement acquis la conviction qu'une seconde histoire secrète, une histoire parallèle si vous préférez, courait derrière le déroulé " officiel " des personnages de Hergé, et que ce mystère masquait les souffrances d'un garçon né de père inconnu, mais illustre. Et...

Je vide le fond de mon Loch Lomond avant de laisser tomber, d'un ton plus froid que je ne voudrais :

– ...D'où votre hypothèse dans *Tintin chez le psychanalyste* que Hergé – pour avoir si bien bâti ce niveau souterrain tout au long de son œuvre – devait avoir vécu quelque chose de semblable ?

– En fait, rétorque Tisseron, en hochant la tête, les deux plis assez marqués au coin de sa bouche s'étirent davantage, ce secret n'était pas proprement le sien, mais l'auteur y avait été confronté enfant, et son œuvre témoignait des questions qui en découlaient pour lui.

« Rappelez-vous, quand j'ai émis cette hypothèse, en 1981, on ne savait rien de la vie de Hergé. Tout cela aurait pu rester sans

suite, mais des journalistes ont découvert, quelques années plus tard, que ce secret avait vraiment existé dans la famille de Hergé! Son père, Alexis Remi, était, en effet, né de père inconnu, mais d'origine probablement illustre !
En plus, la réalité révélait grand nombre de rebondissements : le père de Hergé avait un frère jumeau, Léon, et tous deux – élevés au sein d'une modeste famille – avaient eu leurs études et leurs vêtements offerts par une comtesse vivant dans un véritable château ! Au passage vous devez savoir que Hergé s'est représenté lui-même en tenue de chevalier dans une salle de réception royale syldave dans *Le spectre d'Ottokar*, en fin d'album : j'interprète cet avatar la comme la figuration concrète du rêve d'Hergé enfant d'avoir une origine noble...
D'un côté, on a donc des faits historiques dont on n'aura jamais la clef. Même si, un jour, des enquêtes génétiques révèlent l'identité du grand-père de Hergé, on ne connaîtra jamais précisément l'enfance d'Alexis et Léon, l'éducation qu'ils ont reçue, ce qui leur a été dit et ce qu'ils ont eux-mêmes raconté à Hergé. Puis, d'un autre côté, on a l'œuvre que Hergé a construite à partir de ce secret, qui était à l'origine celui de sa grand-mère, mais qu'il s'est approprié à partir de ce qu'il en a entendu lorsqu'il était enfant. On pourrait dire qu'il l'a réinventé à partir de tout ce qu'il a pu imaginer. Mais n'est-ce pas toujours le cas quand on est soumis à un secret de famille ? Que vou...

– ...Pardon, le coupe Azraëlle, mais n'est-ce pas réducteur que de soutenir comme vous le faites que *Les Aventures de Tintin* reprennent, de façon « souterraine », toutes les hypothèses que Hergé échafaudait, enfant, autour de ce secret familial ?
– Je ne pense pas, répond Serge Tisseron. Dans son œuvre, il a probablement repris, pour une part, ces questions de façon consciente ; mais aussi, pour une grande part, de façon inconsciente. Dans les deux cas, le dessin a été une manière, pour lui, de garder ses questions vivantes. La Castafiore représente à la fois la mystérieuse comtesse et la grand-mère de

Hergé, Marie Dewigne. Les Dupond(t) incarnent Alexis et Léon, le père et l'oncle du dessinateur. Quant à Tintin, Haddock et Tournesol, ils symbolisent trois aspects de la personnalité de Hergé – comme de tout enfant – confronté au secret familial : Tintin s'acharne à résoudre toutes les énigmes, Haddock désespère et s'enfonce dans l'alcoolisme, Tournesol se replie sur lui-même par sa surdité et la solitude de son travail.

« Les Dupond(t) sont le père et l'oncle de Hergé, Alexis et Léon. Ils sont inspecteurs de police, autrement dit enquêteurs professionnels. Ils cherchent quelque chose, semblent approcher la vérité mais ne la trouvent jamais. Les Dupond(t) échouent toujours quand il s'agit de découvrir ce qu'ils voudraient savoir. De ce point de vue, ils sont donc tout à fait comme Alexis et Léon, qui ont toujours dû se demander quelle était l'identité de leur père sans jamais la découvrir.

« Là encore, Hergé crée des coïncidences troublantes. Le nom des jumeaux d'abord. Sont-ils frères ? Pourtant, ils ne portent pas le même nom. L'un s'appelle Dupond avec un « d » et l'autre, Dupont avec un « t » ? Alors, s'ils sont jumeaux, comment se nomme leur père ? S'appelle-t-il Dupond avec « d » ou Dupont avec « t » ? Les Dupond(t) auraient-ils donc deux pères ?…

Le jeu de l'orthographe traduit une mise en scène par Hergé du mystère familial des " deux pères " d'Alexis et Léon : le géniteur secret – l'homme qui a mis Marie Dewigne enceinte – et l'ouvrier appelé Remi, qui a donné son nom aux jumeaux quand ils avaient 11 ans. Les vêtements jouent ici un rôle essentiel : ils rappellent l'importance qu'a eue, pour Alexis et Léon, le cadeau annuel d'habits neufs de la comtesse de Dudzeele. Les Dupond(t) confondent toujours le vêtement porté quotidiennement par les habitants d'une région avec leur costume folklorique.

En revêtant ce dernier, ils attirent tous les regards sur eux, leur accoutrement révélant l'identité qu'ils veulent cacher. Les Dupond(t), ainsi montrés du doigt, ne sont-ils pas les jumeaux

Alexis et Léon également montrés du doigt à cause de leurs « beaux vêtements » ? Car ceux-ci, en contrastant avec une origine modeste, pouvaient les faire désigner comme " bâtards ", enfants naturels d'un père prestigieux… Tels Alexis et Léon, les Dupond(t) sont donc condamnés à errer sans jamais découvrir ce qu'ils cherchent, à se tromper toujours, à subir les quolibets…

– Admettons dis-je, ne trouvant rien à redire au laïus qui vient d'être prononcé, mais en quoi la Castafiore peut-elle bien incarner cette « Clef du secret » dont vous parlez ?
Tisseron reprend son souffle en avalant un grand verre d'eau.
– La Castafiore est la gardienne du secret, enchaîne-t-il de suite, c'est-à-dire à la fois la grand-mère de Hergé et la fameuse comtesse, du moins telles qu'il les imaginait à partir des récits familiaux puisqu'il ne les avait bien sûr jamais vues. La Castafiore est une grande dame, une diva qui, très souvent, se transforme en Marguerite, l'héroïne de "Faust" dans l'opéra de Gounod.
« Or, Hergé n'a pas choisi cet opéra par hasard. En effet, Marguerite, issue d'un milieu modeste, s'éprend d'un homme d'une condition sociale très supérieure à la sienne… comme la grand-mère d'Hergé, Marie Dewigne. Mais la comparaison ne s'arrête pas là. Marguerite accepte la séduction de Faust et tombe enceinte en dehors de tout lien marital ! Marguerite séduite, Marguerite enceinte, Marguerite abandonnée, c'est aussi le destin de Marie Dewigne…
« Et cette dynamique du secret, renchérit le psychanalyste, explique aussi la relation entre les personnages. Par exemple, la Castafiore parle sans arrêt pour ne rien dire, comme tous ceux qui ne veulent pas risquer d'être interrogés sur un sujet délicat auquel ils ne veulent pas répondre. Elle répond toujours à côté. Or, justement, n'est-ce pas là ce que fait toute personne qui garde un secret et désire ne pas en parler ? Enfin, s'il y a bien un domaine particulier dans lequel elle s'entend à créer la confusion, c'est sur le nom du capitaine. Dès leur première

rencontre, dans *L'Affaire Tournesol*, la Castafiore hésite. La chanteuse ne parviendra ensuite jamais à donner au capitaine son vrai nom. Dans le seul album des *Bijoux*, elle l'appelle successivement Kappock (p. 8), Koddack (p. 9), Mastock, Kosack (p. 10), Kolback, Karbock (p. 22), Karnack (p. 23), Hablock (p. 34), Maggock (p. 55), Medock et Kapstock (p. 56) !
– Mais, objecte Jean-Claude, à l'air visiblement sceptique et dubitatif, Hergé n'a-t-il pas dit souvent que Haddock le représentait ?
– Si, si. Justement, sourit Tisseron dont la barbe tressaute un instant. Or ni sa grand-mère ni la fameuse comtesse n'ont jamais confié à personne le nom du père d'Alexis et Léon… Nom qui aurait dû être celui d'Hergé lui-même si son père avait été reconnu. En ne donnant pas au capitaine Haddock son véritable patronyme, la Castafiore incarne bien la gardienne du secret.

La discussion, riche et animée, se poursuit jusque tard dans la nuit. Sans avoir besoin de nous consulter, nous éprouvons ce sentiment commun que l'homme qui se tient face à nous est un amateur – au sens fort de celui qui aime – du T.n.T, au même titre que nous. Et qu'il n'y a aucune raison de lui reprocher l'orientation de ses analyses, qu'il tire du côté de sa discipline de prédilection sans pour autant confisquer indûment le sens de Tintin. A notre décharge, pour qui nous trouverait fort cléments, nous ne sommes pas encore très rôdés dans le rôle de juges attitrés du K.O.C.
Cela viendra.
Cette nuit-là, je raccompagnerai donc Serge Tisseron sous la porte cochère de l'immeuble afin qu'il puisse héler un taxi et regagner, indemne, ses pénates.
Lorsque je reviens dans le studio de JC, ce dernier aide Azra à s'habiller et laisse tomber ces mots qui résument notre politique :
« Trop cool, ce keum. On n'allait quand même pas le buter parce qu'il fait de nous des adolescents prolongés en mal de "meurtre du Père" et psychanalyse tout ce qui passe, hein ? »

7. Victime de Tintin

Les rideaux au motif *Tintin et le Temple du soleil* claquent et se déroulent dans la pièce tel un ruban fuligineux pourchassé par la brise légère.
J'écris ces lignes disparates avec un stylo original en forme de fusée qui reprend le design de la fusée dans *Objectif Lune* (4€) ; le corps de l'ogive gris argenté glisse un peu entre mes doigts. Je le repose sur son trépied aux empattements noirs.
Levé ce matin, quand le soleil était déjà très haut, je porte une montre Watch Moulinsart 2000 (49 €) dont le bracelet d'acier mat accroche une striure ensoleillée, au chaud sous une robe de chambre en soie à revers Christian de Castelbajac sur le pourtour violine de laquelle j'ai fait coudre, au fil d'or ténu, par une petite main le logo de Moulinsart. Complète la sobriété du vêtement une paire de chaussons rouge vif Tintin commercialisés par Corner mais peu faciles à dénicher en France (71 €).
Les restes du petit-déjeuner sont encore visibles sur la table en verre Knoll de la cuisine : thé Earl Grey de Mariage Frères avec une lamelle de citron servi dans un service à thé Tintin Moulinsart 1998 (100 €) : 6 tasses, un pot à lait et un sucrier avec le même dessin, Tintin en tenue décontractée lisant à une table recouverte d'une nappe à carreaux blanc et bleu son journal. « La lecture des gazettes est la prière matinale de l'homme moderne », a écrit Hegel dans les *Principes de la Philosophie du Droit.*
Mon rond de serviette Tintin – on le voit de profil avec sa tenue de sherpa dans *Tintin au Tibet* (2,50 €), pas très harmonieux mais c'est le seul exemplaire qui existe à ma connaissance – baigne dans le jus d'orange que j'ai versé par mégarde hors d'une timbale d'argent du XVIIIe.
Par la porte du couloir grande ouverte on devine le corridor peint en orange vif qui met en valeur une très rare mosaïque

Tintin dite « à la Colombe » (sérigraphie éditée à très peu d'exemplaires par les studios Hergé en 1963, reprenant le visuel de la carte de vœux "Mosaïque dite à la Colombe » – art byzantintin – du VIe siècle et dont vous trouverez une reproduction dans le célèbre ouvrage de Benoît Peeters : *Le monde d'Hergé*) ; au bout de ce corridor j'aperçois que ma superbe parure de lit comprenant la housse de couette et la taie d'oreiller, le tout aux couleurs du *Temple du Soleil* (130 €), assorti aux rideaux, traîne par terre et que la femme de ménage va certainement mettre de la poussière dans mon lit en réordonnant mon chaos domestique. J'anticipe déjà la désagréable sensation des pieds frottés par les grains qui crissent dans l'obscurité et me voilà fort marri. Il est 10h30, m'indique, de guingois sur le chevet asiatique, le réveil à clef de remontoir Bayard *Tintin, Milou et Haddock* (éd. Lombard/Dargaud, glace plastique sur le devant avec entourage blanc crème qui se termine par deux pieds et partie arrière métallique de couleur bleu clair, eBay – 80 €).

Mon regard, paresseux, repart en travelling arrière. Selon l'expertise qui avait été faite par l'étude Tajan à l'occasion d'une vente aux enchères en novembre 1998, il était signalé que seuls deux exemplaires signés par Hergé de cette mosaïque sont connus et que quelques exemplaires non signés existent à la fondation Hergé (l'exemplaire signé s'était vu adjugé à 22 000 francs hors frais; je me suis rendu acquéreur de celui-ci chez Drouot pour 750 €).

Je me propulse d'une traction de bras hors du fauteuil club qui trône dans le séjour, où je m'étais pelotonné un instant pour rédiger des notes sur le cours que je dois faire à Cyr demain. Direction la salle de bain où m'attend – ô félicité des matins dominicaux que rien ne presse ni n'oppresse - un bel ensemble orange 100% coton, 450g/m2 en éponge bouclette douce et épaisse comprenant une serviette (dimension 100 x 50 cm) au motif Milou avec bande jacquard « Tintin et Milou » à une extrémité et son gant de toilette assorti (dimension 21x15cm).

Pour 10 €, je m'essuie chaque fin de semaine dans le visage de mes héros préférés.

Je me lave les dents avec un dentifrice au fluor Sensodyne junior Tintin (1994 – 10€) avant de vaporiser sur mon torse une rare Eau de toilette Mille Sabords de Tintin éditée par Shao Ko Paris et Tintin Licensing en 1991 (eBay – 7 €), heureux comme un paon de pouvoir ainsi tintiniser le réel dans ses moindres faits anodins.

Qui a dit que l'homme n'était qu'une larve rampante sur une boule lancée à l'infini ?

8. Tintin le sodomite

La clef de l'univers, c'est l'amour.

À moitié étourdi par un vin drogué, Tintin porte un short court et un pull orange fleuri très seventies sur une chemise blanche aux manches retroussées de rigueur. Assis sur le canapé du salon de sa tante Bianca il se laisse aller à découvrir le sein droit de celle-ci dont il pince l'aréole avant que Bianca, fort émoustillée puisqu'instigatrice du guet-apens érotique, ne lui pompe goulûment le dard turgescent (*La vie sexuelle de Tintin*, 15-2).
Tintin peine, quasi groggy, puis le jeune homme au chaume de trois jours s'abandonne à ses pulsions. A grands coups de boutoir il entreprend de limer Bianca par derrière, la retourne en grognant : « Qu'est-ce qui se passe ? Pourquoi tu m'excites comme ça ? » « N'y pense pas chéri ! lui rétorque la madone au septième ciel pendant que Milou, qui est de la partie fine, lui lèche les cheveux ébouriffés par la folle endiablée corporelle, prends ton pied comme moi !... Vas-y ! »
Et la Casta de repartir à l'assaut de son frêle neveu en le chevauchant avec frénésie avant de jouir à grands cris extatiques (*VST,* 16, 1-2).
« Aaaah !... J'arrive... J'arrive... Aaahhh... Hmm... Gloup! »

Je me réveille soudain, nimbé de sueur.
Cet infernal cauchemar mis sur papier par Jan Buquoy dans *La vie sexuelle de Tintin* (n° 1 Hors-série) – qui a tout de même l'insigne honneur de nous révéler les secrets de la dualité des Dupond-Dupont dont l'un n'est autre qu'une femme dissimulée sous postiche et dans l'attente d'une fornication reconduite avec son partenaire fétiche – ne manque jamais de m'arracher des cris d'angoisse et des larmes. Fort de café si l'on soutient, comme dans *Les métamorphoses de Tintin*, que l'être le plus proche de

Tintin, dans sa chaste quête de pureté, est vraisemblablement Jeanne La Pucelle ou que les deux seules figures de la féminité auxquelles accède Tintin sont la scène primitive freudienne et la fuite :-)
Ô infamie, qu'on est là à cent milles lieues de la perspective du héros sotériologique voué tel le Christ à sauver le monde !

Journal de bord
Tintinade 2

Hergé, cent ans après, tonnerre de Brest!
par Oliver Delcroix,
le Figaro 14/10/2007

Champagne ! Voilà un anniversaire qui fait des bulles. Pas forcément celles qui jaillissent d'une bouteille : plutôt celles que l'on butine dans les cases des vingt-quatre albums des aventures de Tintin et Milou... Et qui sont tout autant festives ! Le 22 mai 1907, il y a cent ans exactement, naissait à Etterbeek, près de Bruxelles, un certain Georges Remi, dit Hergé, le créateur de l'infatigable reporter à la houppette.

Un siècle après, la commémoration de la naissance d'Hergé donne lieu à mille et une festivités, de Paris à Bruxelles, en passant par Ostende, Stockholm, Lausanne, Barcelone ou Québec. Et l'on se rend compte que son œuvre a franchi les générations, pour s'affirmer comme une référence classique de la bande dessinée, et plus généralement de la littérature du XXe siècle.

Il n'est d'ailleurs pas anodin qu'aujourd'hui, à Louvain-la-Neuve, en Belgique, l'on pose la première pierre du futur Musée Hergé, conçu et dessiné par l'architecte Christian de Porzamparc. Tout un symbole pour Fanny Rodwell, la veuve d'Hergé, présente à cette occasion.

L'architecte français, qui travaille à ce projet depuis 1996, a ainsi expliqué qu'il voulait créer « une sorte de prisme allongé, en forme de vaisseau, semblant flotter au-dessus d'une forêt de vieux arbres, tandis qu'au-dessous serpente une route. En regardant le Musée Hergé, ce que l'on verra d'abord, c'est un intérieur coloré, onirique. Ce monde intérieur, comme dessiné en volumes et qui apparaît dans de grandes baies vitrées, est l'espace d'accueil. J'aimerais qu'on pense soudain être entré dans une case de bande dessinée. J'ai voulu que cet espace muséal, paysage, mélange de ville et de nature, se rapproche le plus possible du trait d'Hergé. Pour qu'on y pénètre, qu'on y voie le ciel de l'autre côté, les arbres... Et qu'on se demande si l'on n'a pas pénétré dans un dessin. »

Ce projet, évalué à quinze millions d'euros, qui s'étendra sur 3600 mètres carrés, devrait accueillir, dès son inauguration, prévue pour le 22 mai 2009, date ô combien symbolique, des expositions et scénographies établies par Philippe Goddin, Thierry Groensteen et Joost Swarte. Encore une preuve - s'il en était besoin - du statut acquis par cet immense dessinateur visionnaire.

Car, décidément, Hergé ne s'est pas trompé. Le héros du XXe siècle est bien un reporter. Et Tintin, son incarnation sublimée. Au fil de ses vingt-quatre aventures, l'infatigable globe-trotter sans plume raconte l'épopée d'un siècle secoué par la vitesse du progrès, le développement des sciences, mais aussi par le fracas des armes, cette violence des hommes ou des États qui s'entre-déchirent, à travers le chaos infernal des guerres. Tintin, lui, est lisse comme le papier, affûté comme la plume, et nerveux comme le chariot d'une machine à écrire Underwood. Sous le crayon d'Hergé, il devient le miroir sans tain d'un monde en marche, éternel et mouvant.

L'administrateur des Studios Hergé, Nick Roswell et son épouse Fanny, en sont, eux, pleinement conscients, qui ne cessent depuis le décès du maître, le 3 mars 1983, de promouvoir son œuvre, d'une manière qui peut apparaître parfois un peu trop élitiste. Il n'empêche, les résultats sont là. Et, depuis le 15 mai dernier, on a appris que les cinéastes

Steven Spielberg et Peter Jackson vont faire équipe pour tourner et produire une série de trois longs-métrages d'animation adaptés des aventures de Tintin.

Après vingt-cinq ans de négociations plus ou moins houleuses, Steven Spielberg, patron de la firme Dreamworks, a donc finalisé un impressionnant programme d'adaptation, qui met l'eau à la bouche de n'importe quel tintinophile. L'Américain et le Néo-Zélandais Peter Jackson (réalisateur de la trilogie du Seigneur des anneaux et de King Kong) vont donc tourner chacun au moins un des épisodes de cette future trilogie. Cité par le journal Variety, Spielberg a également promis que la technique d'animation utilisée pour ces films serait du jamais-vu. « Les personnages d'Hergé ont été recréés en tant qu'êtres vivants, exprimant une émotion et une profondeur qui vont bien au-delà de ce que nous avons vu jusqu'ici avec les personnages animés, a affirmé Steven Spielberg, lors d'une récente conférence de presse. Nous voulons que les aventures de Tintin possèdent le réalisme d'un film avec de vrais acteurs, mais Peter Jackson et moi avons pensé que les tourner sous une forme traditionnelle ne rendrait pas justice à l'apparence des héros d'Hergé».

De son côté, Jackson a précisé que Tintin et ses amis n'auraient pas l'apparence d'un héros de dessin animé. « Nous les rendons réalistes comme s'il s'agissait de photos : les fibres de leurs vêtements, les pores de leur peau et chaque cheveu. Ils ressembleront exactement à des vrais personnages, mais des vrais personnages d'Hergé ».

Que deux réalisateurs hollywoodiens de cette envergure s'investissent avec autant d'ardeur - et en y mettant autant de moyens financiers - sur une bande dessinée, jadis considérée comme un simple divertissement pour enfant, prouve à l'évidence que le regard de la société a changé sur l'œuvre d'Hergé.

L'académicien et philosophe Michel Serres, ami de l'auteur, rappelait fort justement : « Finalement, pourquoi je m'intéresse à Hergé ? Tout simplement parce qu'il est à l'origine d'un art neuf, celui de la bande dessinée. J'ai toujours été fasciné par les débuts d'un nouveau moyen d'expression artistique. Cela ressemble au jet d'eau d'une fontaine. Bien sûr, après le jaillissement primal, le flux s'amplifie, se développe en corolle, se ramifie et occupe l'espace. Mais ce qui me passionne, c'est la source. Pour moi, Hergé symbolise cette source. Chez lui, chaque case est un tableau, construit comme un Véronèse, comme un Carpaccio. Je pense que le génie d'Hergé est à ranger à côté des Montaigne ou des Rabelais. »

Un anniversaire qu'on lui souhaite éternel.

9. La remontée de l'ontique à l'éthique

Rencontré à la fin de l'un de ses cours à la Sorbonne et appâté par la promesse d'une émission de webtv dévolue à sa lecture de Tintin, Jean-Luc Marion ne m'a pas trop fait attendre lorsque je lui ai demandé s'il était disponible dans les semaines à venir pour accorder une entrevue au K.O.C.
Le cérémonial pointilleux auquel nous nous astreignons dans le cadre de nos débats lui est certainement apparu un tantinet ridicule mais il n'en a rien soufflé, heureux de recevoir un écho pour une thèse guère en phase avec sa spécialité philosophique. Calme tel qu'à l'accoutumée, l'appartement de JC est fort accueillant avec les nombreuses reproductions et fac-similés des exploits de Tintin qui ornent les murs. Azra a préparé pour l'occasion un savoureux thé à la menthe. Pour parfaire la mise en scène qui sied au Khi-Oskh Club, j'ai installé sur un trépied au bout de la table du salon une petite caméra, sans cassette, censée immortaliser nos agapes culturelles.
Jean-Luc Marion porte le même costume en tweed vert épais que je lui ai vu l'autre jour (on doit le payer pour qu'il accepte de porter ces fruques, c'est pas possible); il a toujours l'air d'être un peu cireux. Il vide sa pipe d'Alsbo Gold et répond avec la maîtrise visible de celui qui est payé pour parler (pour écrire aussi...) à la première question de JC.
– Pourriez-vous revenir, monsieur Marion, sur la question de l'être dont vous faites le point nodal de votre lecture de Tintin dans *Tintin le Terrible* ? Il n'est pas évident que Tintin soit, de la même façon qu'est son lecteur. Ne suis-je pas plus vivant, plus étant, plus conscient, moi qui lis Tintin plutôt que cet ectoplasme de papier qui ne procède que de l'imagination d'un autre étant, Hergé ?
– Oui, je vois. Mon affirmation principal est que Tintin, celui qui "risque toujours plus au bout du monde", est "celui pour qui il y va de son être". Etant par excellence sur le mode de l'être, il

nous ouvre au monde. N'est-ce pas ?
— Euh... qu'y a-t-il là de si terrible pour reprendre votre syntagme clef ....et vos italiques sonores ?
— Ce que je dis, donc, c'est que Tintin s'affirme comme terrible au sens non d'un banal coureur d'aventures à la Indiana Jones mais de Sophocle dans *Antigone*: rappelez-vous, "il est maintes choses terribles (*deinâ*) mais rien de plus terrible que l'homme" ! Le grec *deinon* désignant à la fois le merveilleux, l'admirable et le terrible. En ce sens Tintin est un diable inquiétant. Etre au monde par excellence, son art d'être au monde consiste, précisément, à nous ouvrir tout un monde, nôtre monde que sans lui nous ne connaîtrions guère...
— Que voulez-vous dire par là ? À ce que je sache, il n'y a qu'un monde, celui dans lequel nous vivons, il est toujours nôtre par définition !
— Je veux dire qu'il ne s'agit pas du monde exotique où le jeune reporter met parfois les pieds mais de ce monde - le vrai monde – où l'on rencontre au gré des aventures – le trafic de drogue, les faux-monnayeurs, les guerres du pétrole, l'espionnage, le stalinisme, le trafic d'armes et d'esclaves, la presse, les régimes militaires, les guerres scientifiques, le colonialisme, l'illusion télévisuelle etc. ...
— Ne craignez-vous à votre tour de verser dans ces herméneutiques aberrantes que vous épinglez vous-mêmes plus tôt lorsque vous moquez la future constitution d'une Société Mondiale des Etudes Tintinophiliques ?
— Oh, vous savez, quand un universitaire de ma trempe se commet avec Tintin, il ne craint pas grand chose. Que voudriez-vous qu'il m'arrivât ? Que je sois déchu de ma chaire à la faculté pour être affecté à la direction d'un monastère bénédictin ? J'en serais plutôt fort aise, j'ai rêvé toute ma vie d'être évêque : quelle meilleure position pour culbuter toutes les religieuses ? Notez d'ailleurs que je préfère parler de tintinophilie, ce qui me semble plus en accord avec les règles de l'euphonie et du déplacement de l'accent tonique.

– Hmm, fait Azraëlle, la moue dubitative, ne nous égarons pas s'il vous plaît. Vous n'avez pas répondu à la question de *notre* monde.
– Il est vrai, se détend Jean-Luc Marion. J'entends par cette formule signifier que Tintin déploie un véritable "roman de formation" où le sens, les noms et les figures de ce monde précèdent l'expérience qu'en feront les lecteurs. Grâce aux exploits de Tintin, comme je l'écris, nous devenons nous-mêmes en connaissant d'abord ce que nous éprouverons ensuite.
– Pour un peu, vous allez nous dire que lire Tintin est aussi initiatique que se référer aux légendes homériques de la mythologie pour un enfant grec !
– Mais parfaitement, je vois que m'avez bien lu, sourit Marion. Ces ouvrages ont en commun de proposer toutes les significations symboliques du monde réel... En toute cohérence, c'est bien parce qu'il s'occupe des affaires du monde des autres, qu'il nous ouvre un autre monde, qui est pourtant le nôtre, que Tintin a des ennuis, en référence à la célèbre formule du *Sceptre d'Ottokar* ("Quiconque s'occupe des affaires d'autrui, s'expose à de graves ennuis", – *SO,* C, 79, 6-3).Voici ce qui le rend terrible: il nous exile chez nous, en un monde plus essentiel que celui que nous pensions nôtre. Le monde vrai n'est donc pas celui qu'on croit puisque le vrai monde n'est pas celui apparent mais celui, imaginaire, qui révèle des faits jusqu'alors inconnus.
- Au moins sommes-nous d'accord sur ce point, accordé-je à Marion, que le critère de la vérité ne réside pas dans ce que l'on sait ou lit mais, désormais, dans ce que Tintin voit et vit. Dans ce qu'il risque.
– Oui, Tintin est ce sujet transcendantal qui accomplit une réduction phénoménologique du mode de la certitude naturelle à l'évidence d'un vécu immanent. La vérité du monde tient donc dans le vécu de Tintin, qui en fait mainte fois l'épreuve face aux dangers. Ce danger où il y va à chaque fois de son être.
– Tout de même, n'est-ce pas exagéré que de prétendre que seule l'aventure – ce qui m'affecte en m'advenant à moi – rend

possible cette réduction ? N'est-ce pas rabattre la certitude sur l'immédiateté ?

– Et pourquoi donc, riposte Marion qui me toise d'un œil de pirate, l'immédiateté ne serait-elle pas un critère de la certitude ? J'espère que vous n'entendez pas me faire rejouer la querelle entre les empiristes et les idéalistes pour déterminer la base de toute connaissance, déjà que cette tenue dont vous m'avez accoutré est passablement ridicule ! Laissons ces débats d'école sur les bancs de la fac et concentrons-nous sur l'essentiel : la fonction de Tintin, vous l'avez compris, est de réduire le monde quotidien à la certitude du vécu qu'autorise l'aventure. Ceci explique à mes yeux pourquoi Tintin n'a aucun caractère, pourquoi il passe partout, comme inaperçu et invisible. On ne peut pas représenter Tintin car c'est le monde qui apparaît en lui.

– Monsieur Marion, intervient JC excédé par la p(r)ose du professeur qu'il doit classer au rayon de la sodomie tintiniconoclastique, avec tout le respect que je vous dois, ce verbiage sous-phénoménologique ne mène nulle part. "C'est le monde qui apparaît en lui", ça ne veut rien dire !

En aparté, je songe au nouvel aspirateur sans sac que j'ai acheté la veille : l'appareil est équipé de deux becs anti-poussière de tailles différentes nommés petit et grand « suceur ». Par association j'entrevois soudain Marion en suceur, sangsue analytico-phénoménologique rivée au corpus tintinien pour le vider de sa substance. Effarante image...
- Mais si !, le coupe Marion en sueur sous la toile de son costume de Khi-Oskh, ça veut dire que Hergé a conçu avec Tintin un non-héros, le degré zéro du héros, sans visage ou séduction non plus que sexe, sans histoire ni lieu propre. Or, puisque Tintin ouvre le monde, il ne peut lui appartenir dans le même temps : spectateur transcendantal hors du monde, il reçoit et voit le monde sans en être. Je ne suis pas opposé en ce sens à l'idée selon laquelle Tintin – au moins dans ses sept premières aventures, ne cesse de reprendre le même combat de manière

cyclique, prix à payer pour celui, trop lisse, que l'expérience ne peut marquer. Puisqu'il n'a aucune existence privée et aucun sentiment personnel. N'est-ce pas ?

Je regarde ma montre, l'heure commence à tourner. On ne va pas passer la soirée à s'entre gloser à l'infini sur Tintin, surtout pas avec ce barbon barbant de Marion. Je décide de mettre les pieds dans le plat et d'accélérer la cadence.

– Nous avons compris que vous assimilez Tintin à la neutralité philosophique du Je transcendantal ; peut-être celle du Dasein heideggerien, qui réduit et constitue le monde comme vérité. Autrement dit, que vous mettez l'accent, tel l'auteur de *Sein und Zeit*, sur la panique de mort et l'angoisse comme cette richesse philosophique de la conscience du monde sans laquelle, du point du vue phénoménologique, il n'y pas de sujet philosophique.

« Mais ce sur quoi nous voulons que vous vous prononciez, c'est le fait de savoir si vous ne trahissez pas l'héritage de Hergé en ajoutant une énième interprétation à toutes celles qui existent déjà ? À l'autre bout de la table, Azra et JC sourient, heureux de voir les choses avancer. Dorénavant, ils sont pendus aux lèvres du père de *L'ontologie grise de Descartes*. Ils savent que le moment est décisif pour l'avenir du philosophe. Le sorbonnard semble s'époumoner devant la pique, regardant par le biais de ses verres épais autour de lui, à la recherche d'une caméra cachée ou d'une porte de sortie.

– Trahir ? Comment ça trahir ? J'ai eu l'honneur et le privilège, à l'automne 1975, dans les Studios de la rue Louise, de m'entretenir avec Hergé, notamment au sujet de l'évolution de l'attitude de Tintin face au fait religieux, et il m'a confié avoir "beaucoup appris sur lui" en lisant mon étude. Alors sans vouloir rendre à César ce qui lui appartient de droit, j'aimerais au moins que vous respectiez mon intégrité intellectuelle. Souligner combien l'angoisse vaut comme mise en perspective du phénomène d'être – ce que Heidegger nomme "tonalité affective de l'être" – dans Tintin n'a rien d'incohérent. Cela étant, on pourrait tout aussi bien arguer que la conscience morale tintinienne est kantienne, ne visant qu'à appliquer le célèbre impératif catégorique : "Agis toujours de telle sorte que la maxime de ton action soit universalisable ". Après tout, Tintin n'est-il pas dans une situation prélapsaire, un état d'avant la Faute, comme s'il n'avait pas été victime du péché originel ? Quoi qu'il en soit, il y a de toute façon d'autres analyses qui vont dans le sens de la mienne. Regardez l'esthétique hergéenne de la ligne claire. N'est-elle pas au service de cette réduction du monde à l'immanence du vécu tintinien ?

« Par ce trait net, Hergé change tel ou tel phénomène du monde, qui se trouve repris et transposé comme en un vitrail. Simplifié et conservé à la fois. Réduit dans son trait essentiel. Cette technique du dessin indique ce que Hergé choisit et retient du monde lorsque Tintin le réduit. Ce qui expliquerait, n'en déplaise aux policiers de la BD, que Hergé ait su filtrer les idéologies de son temps : antisoviétisme, anticapitalisme, colonialisme (paternaliste d'abord avec *Tintin au Congo* puis militant avec *Tintin en Amérique*, *Le Lotus bleu* et *Coke en stock*), antiracisme, fascination pour la technique...

– Apostolidès va plus loin que vous et dit à ce sujet dans *Les métamorphoses de Tintin* que, suite aux nombreuses modifications a posteriori qu'Hergé a introduites dans *Les Aventures* il a permis qu'au lieu d'avoir Tintin dans l'histoire on n'ait plus que l'histoire de Tintin, ouvrant par là à un monde sans histoire. Un monde dont l'histoire est coupée de la réalité immédiate. Tintin sort alors de l'histoire pour entrer de plain-pied dans le mythe, rajoute JC.

– Excusez-moi, lance à son tour une Azraëlle guère convaincue, mais quel rapport au juste entre le vécu immanent de Tintin et les idéologies ?

– Ma parole, rétorque Marion ayant à cœur de détendre l'atmosphère qui se fait lourde, je serais tenté de reprendre le mot de Rastapopoulos : " Tout le monde m'en veut ici" (*VPS*, C, 79, 38-6). C'est que ces affrontements idéologiques sont repris

par ce vécu qui est défini par l'éthique et non plus par l'ontique (sourires crispés de mes deux acolytes) ; la ligne claire récuse l'idée d'un point de vue éthique. D'où cette caractéristique patente des aventures de Tintin : la remontée de l'ontique à l'éthique. Comme le souligne Alain Bonfand dans son article "L'alphabet des richesses", chaque aventure de Tintin est une étape vers la dimension éthique où l'Autre peut s'affirmer en tant que tel.
La vérité dans ce monde est ainsi toujours faite par Tintin le Terrible qui nous offre un nouvel alphabet pour parler et lire selon le langage du vrai ! »
In petto je pense : je ne sais pas où est l'alpha mais moi je ne serai pas le bêta de service qui t'écoute répandre tes sombres conneries.

Un hochement de tête a suffi.
A mon signal, JC s'est glissé derrière Marion pour lui asséner un redoutable coup avec le buste de Tintin en ciment qui orne un des murs de la salle (nous en avons toute une collection dans la cave dédiée à cette fin). Pendant qu'il lui hurle dessus, en clin d'œil à une autre formule d'Alain Bonfand : "L'ultime richesse, c'est de faire ce que nous devons faire ! ", Azra le finit à coups de *Dictionnaire des philosophes*, bien épais, des P.U.F, en pleine face, ce qui a pour effet – pour une fois que la philo a un impact et que ce docte pavé sert à quelque chose – de le faire saigner comme un porc chez le boucher. Frappé de tant de félonie, le philosophe s'effondre sans bruit ni cri. Sa main droite serre encore, levée vers le plafond, tétanisée, très *Soudain l'été dernier*, un paquet de notes rédigées au stylo plume pour la circonstance. C'est un nœud de paillon flétri qui baigne maintenant dans une marée de sang. JC qui n'y est pas allé avec le dos de la cuillère a dû lui esquinter le crâne plus que prévu.

Au Khi-Oskh Club, nous donnons beaucoup mais ne pardonnons rien. Sans doute est-ce la grande différence avec notre idole, à qui répugne toute idée de vengeance...

Aussi sec emballé dans un épais plastique avant que la rigidité cadavérique ne fasse son office, le corps du professeur de l'Université de Paris-IV est transporté par nos bons soins dans le coffre de la vieille 504 coupé V6 de JC. Une heure trente plus tard nous sommes tous trois en vue de l'aérodrome de Saint-Cyr où je pilote régulièrement à mes heures creuses un petit Cessna (je vole depuis dix ans).

Nous ne voudrions pas être à la place de celui qui trouvera le corps une fois que nous l'aurons jeté dans le vide, en conformité au funeste sort réservé à Tintin lors de son premier voyage en Bordurie (*LSO*, C, 79, 24-2) lorsque, tombé d'un avion, il lâche son parachute. Mais cette-fois-ci pas de charrette à foin boschienne pour éviter au héros de rencontrer les enfers !

Au moment de passer à l'acte, Azraëlle, qui n'est pas une tendre, loin s'en faut, lâche juste ces mots :

"Allez soldat Marion, go go go ! Wouah, y vole bien la marionnette, c'est la preuve qu'une sommité tombe de toujours plus haut que sa propre hauteur!"

Ça me fait penser à un mot de Cocteau qui affirme dans *Thomas l'imposteur* qu'un homme véritablement profond ne s'élève pas, il s'enfonce, ou quelque chose d'approchant. Plus détaché, JC se contente de dire, d'une voix sereine que couvre le bruit du moteur : comme dirait François de Hadoque, "Justice est faite !" (*SDL*, C, 79, 26-7).

Le ciel est d'encre, de nombreux points scintillent en contrebas, de chaque côté de la portion d'autoroute qui traverse le triangle de Rocquencourt.

Sans mot dire, je vire de l'aile et je rapatrie ma fine équipe sur Saint-Cyr.

10. *Suave mari politburo*

Assis sur le tapis rouge de la haute chaise orange qui lui fait office de trône, Milou porte fièrement la couronne jaune qui lui ceint le haut de l'occiput et me toise d'un œil condescendant (Pixi - Réf. 4529- 90 €). Il campe dans cette posture régalienne sous une belle image (290 x 195 mm) tirée sur un épais papier représentant une scène du *Crabe aux Pinces d'Or* qui servait de modèle pour le jeu de cubes Tintin et Milou réalisé en 1943 par les cartonnages Dubreucq. En haut à gauche, figure la mention Cartonnages Dubreucq. Lic. 52 T.B.F Bruxelles. Les initiales T.B correspondent au nom de l'homme d'affaires d'Hergé à l'époque ; Bernard Thièry, et Lic .52 au numéro de licence qu'il avait attribué aux Cartonnages Dubreucq. Cette feuille fait partie d'une série de 6 images (puisque un cube à 6 faces) : *Tintin en Amérique / Le lotus Bleu/ L'Oreille Cassée / Le Sceptre d'Ottokar / Le Crabe aux pinces d'Or / L'Etoile Mystérieuse*. (eBay – 40 €). Cela n'a pas l'air de lui importer, ce noble animal, de se trouver dans mon modeste bureau sur une île perdue.

Il faut dire qu'il est en bonne compagnie : à la droite de l'étagère spéciale bandes dessinées au sommet de laquelle il est juché (et contenant, en outre des éditions complètes de Tintin en Rombaldi - *L'œuvre Intégrale d' Hergé* ; 13 volumes luxe, 1985-1987 – 600 €, un superbe collector Atlas de 23 DVD – y compris *Le lac aux requins* -150 € – est posé sur la large étagère-classeur en bois le magnifique hydravion jaune que l'on voit dans *L'Etoile mystérieuse* (figurine réputée de Leblon-Delienne, 1300 €) tandis que sur le pouf à poils laineux rouge 70's situé face au canapé de lecture rayonne au centre de la pièce un ancien Tintin en métal, très lourd (880 grammes), d'une hauteur de 15 cm et qui a gravé sous le pied gauche Hergé TL 5/10 - exemplaire N°5 sur 10 (230 €). Pull bleu tonique, col de

chemise blanc coton qui dépasse et mains dans les poches, ce Tintin a l'air plus renfrogné que d'habitude mais il a quand même une bonne bouille.
Autant dire qu'on est en famille dans cet espace étroit qui surplombe en rochelle le vaste salon.

Du bureau auquel je suis accoudé, face à ma bécane ultraportable, pour corriger une pluie de copies médiocres, j'aperçois, sur le chevet en merisier disposé sur le petit passage menant aux chambres et à la salle de bain, une autre belle pièce : un buste Tintin Leblon-Delienne (numéroté 590/1000 exemplaire, hauteur 35 cm), collection épuisée (499 €) – j'ai évidemment les certificats d'authenticité et les cartons d'origine de toutes ces pièces. Fier comme Artaban, Tintin bombe le torse dans sa chemisette jaune et tient dans ses bras un Milou qui hausse des sourcils en chapeaux chinois.
Frigorifié dans mon pull en laine noir Dupond Dupont (boutique Tintin – 30 €), je me ressers un thé vert composé avec la menthe du potager, en prenant soin de ne pas éclabousser le set de table Tintin (fabriqué par Doddie créations en 1985 – 15 €) où Tintin se promène près d'un bois avec Milou os en gueule et Haddock tirant sur sa pipe.

Je repose mon mug Tintin sur une assiette plate en porcelaine Hergé Tintin Licencing qui a pour décor le professeur Tournesol, avec de jolis coloris verts, marron et noir sur fond blanc (diamètre : 19,5 cm, poids : 290 grammes – 25 €). En mal de concentration, je laisse mon regard continuer d'errer aux quatre coins du bureau. J'abandonne ma chambre dont je ne vois que la porte – je sais que m'y attend ce soir la poursuite du puzzle *Hôtel Cornavin* Tintin (Jeux Nathan, 60 pièces, format : 26x36 cm, de 1994, 8 €) entamé il y a cinq jours (toute la partie ou Tintin soucieux scrutant sa montre et Haddock arpentent le hall est faite, reste le guet des deux policiers bordures, mais j'ai l'impression qu'il me manque des pièces, je dois les recompter) –

et je reviens à ma table de travail. Les figurines Tintin peintes à la main du jeu d'échec en plâtre (exemplaire unique, 32 pièces, échiquier 40x40 cm, hauteur des pièces : 11 cm pour les plus grandes – eBay, 60 €) me distraient un moment par le chatoiement bleu-jaune de leur vernis. Je songe à une partie folle dans *Alice au pays des merveilles*...
Pas si mal ce politburo en définitive, susurré-je tout bas. Dire que c'est ici, par le biais de la connexion Internet de l'ordinateur, que j'ai décidé, chattant sur notre forum privé avec mes deux compères, de la liste des victimes du K.O.C...

Je pioche une nouvelle cartouche Watermann à l'encre violette pour équiper mon Montblanc qui donne de signes d'épuisement de carburant tant je tartine les copies de notules et d'abréviations crypto-critiques, les muant en palimpsestes. Par la fenêtre à ma droite le mouvement d'une péniche lourdement chargée qui navigue vers Rouen me rappelle que la vraie vie ne saurait tenir dans ces objets-simulacres. Mais j'y tiens et m'y retiens.
Je ne suis pas loin du *suave mari magno* lucrécien. Qu'il est doux et plaisant de se sentir exister tandis que d'autres dans les lointains vaquent à des tâches insignifiantes !

11. Tintinopolitique

En novembre 2007 Pierre Assouline a participé à un colloque « Tintin à Jérusalem » organisé dans la ville sainte à l'initiative des ambassades de France et de Belgique en Israël. C'est à son retour que nous avons pu l'intercepter, à l'aéroport, tandis qu'il attendait ses valises. On a fait comme si on tombait sur lui par pure coïncidence et le temps mort lié au lieu a permis d'aller plus avant.
Assouline n'avait pas l'air très commode, moins débonnaire qu'au temps où il dirigeait Lire de main de maître, surtout depuis qu'il avait rasé sa moustache mais il s'est vite détendu autour d'un verre sous la caméra du Litteraire TV (c'est le nom qu'on inventé) d'Azra, toujours propice au déliement des langues coites avant son surgissement. Comme on avait lu et apprécié sa bio *Hergé* parue chez Plon en 96, la partie n'était pas gagnée d'avance. Nous savions qu'il allait être difficile de coincer dans les cordes du K.O.C ce gaillard au flegme de *gentleman-farmer* et à la calvitie bien avancée. Mais avoir contribué au maintien du Hergéland ne saurait suffire à vous valoir impunité totale : il fallait donc que nous affrontions à notre tour celui par qui le scandale avait éclaté quant aux agissements d'Hergé pendant la guerre.
Pourrions-nous jamais lui pardonner cet irréfragable écart ?
JC ne tenait pas plus que cela à ce que l'entretien ait lieu : il y avait de l'eau dans le gaz entre nous trois depuis que le rythme des exécutions avait augmenté sans que le K.O.C laisse le temps suffisant aux présumés coupables de se justifier avant l'application de la sentence. La mort frappait dorénavant avec la régularité d'un métronome tous les mois. Nous avions ainsi à peine écouté les sieurs parodistes Bournazel (alias Hergi), Joost Swarte, Exem, Yves Rodier, Alain de Bussy, Hugues Dayez, Fa. Bergé et Bob Garcia avant de les précipiter en enfer, ce qui n'était pas assez ouvert selon ce bon Zatopi. Sans doute

escomptait-il qu'Assouline se révélerait un poisson autrement plus coriace à ferrer – ce en quoi il n'avait pas tout à fait tort.
Le Pomme de Pain était quasi désert, seuls deux marmots se bâfraient de croissants-beurre ultrachimiques face au regard boviné de leur mamie. Un cocker hystérique au pelage en trois couleurs, noir, blanc et feu, tournait comme un derviche hystérique autour d'eux en faisant le loup, à la recherche d'une improbable énorme miette à chaparder. Des charriots à bagages boudaient dans le grand hall, gris et austère, que ramenaient à la vie par intermittence les feulements métalliques du tapis roulant où défilaient dans le plus consternant tohu-bohu valoches *hype* et sac marseillais rapiécés de tout bord au gaffer. Un aéroport, quoi.

J'ai lancé la première question naïve (tout un métier), le reste s'est enchaîné comme dans un jeu de dominos.
– J'ai lu il ya quelques années, dans sondage de "Dimanche Ouest-France", que Tintin est le personnage de bande dessinée préféré des Français. Si mes souvenirs sont bons, loin devant Lucky Luke, Gaston Lagaffe, Gotlieb, Loisel, Titeuf, Mickey, Boule et Bill, Spirou, Corto Maltese et Blake & Mortimer, il arrivait en tête avec 22%, talonné par Astérix (20%) ! Ce qui surprend dans ce succès, c'est que le profil du tintinophile est celui d'un individu de plus de 35 ans qui vote plutôt à droite tandis que ça fait 30 ans que l'œuvre d'Hergé est close – le père de Tintin ayant refusé, contrairement à Edgar P. Jacobs ou Jacques Martin, que les *Aventures...* se poursuivent sans lui. Comment expliquez-vous cette gloire qui ne se dément pas ?
– Humm. Je ne crois pas que des produits dérivés, des dessins animés ou des films suffisent à entretenir le mythe. Tout porte à penser que ceux qui ont aimé Tintin enfants continuent de le lire parce qu'ils sont passés de la bande dessinée au personnage, qui est devenu le miroir de leur enfance et leur jeunesse. Il n'aura pas fallu attendre long temps. Le sanguin JC commence à bouillir. Il ne cesse de remonter ses bésicles de khâgneux en

demi-lune sur son nez épaté, ce qui est toujours signe de grande tension chez lui. Et la loco Zatopi de lâcher son jet de vapeur :
– Euh, pardon de vous interrompre, mais deux points. D'abord quand je vois ce que sont devenus Blake et Mortimer, aux mains de vandales assoiffés de droits d'auteurs, je me dit qu'Hergé a bien fait de protéger son œuvre. Ensuite, je trouve l'analyse plutôt simpliste : sans y voir une nostalgie de l'enfance où de bas subterfuges économiques, on lit Tintin grâce à l'alchimie qu'a su y déposer Hergé, avec la mise au point de personnages très divers, dotés d'une psychologie précise, ce qui rend possible des relectures tardives. En multipliant les niveaux de lecture et en nous immergeant dans les problèmes d'actualité (avec par exemple *Tintin au pays de l'Or Noir*, *L'Affaire Tournesol* ou *Vol 714 pour Sydney*), Hergé nous amène à lire une autre BD que celle qu'on lisait étant jeune, voilà tout !
– Ça n'empêche, ajoute Azra, prompte à l'entretien du napalm dialogique zatopien, qu'il y a toujours certaines personnes pour vouer une adoration sans bornes à Astérix et considérer que le graphisme de Tintin a mal vieilli et que son humour démodé reste désespérément niais... Ces détracteurs ne voient dans Tintin qu'un blockbuster de la BD.
– Blockbuster ?, s'insurge JC, tu me fais marcher là : c'est Hergé qui a inventé la ligne claire (Bob de Moor venait de lui proposer ce concept graphique) dont Goscinny disait en 1959 que c'était la révolution la plus fondamentale de l'art graphique, non ? En plus, Tintin a été « bon » tout le temps, il l'est donc resté (de l'avantage de ne pas vieillir, c'est-à-dire pourrir) , alors que certains ont très mal tourné : Astérix ? Je me marre : Astérix est dramatiquement nul depuis qu'Uderzo, pris à la gorge par son désir d'acheter des Ferrari, s'est convaincu qu'il pouvait réaliser des scénarios !

Assouline ne pipe mot, amusé par la verve de JC. Il écarquille les yeux comme si un revenant menaçait de le hanter pour le manger tout cru (peut-être le fantôme du capitaine Haddock ramené par maint analyste au syndrome de la dévoration orale) ? Pour l'apaiser et revenir à nos moutons (on n'est pas aux pièces mais il faut ce qu'il faut), je ramène l'entretien à la bio que notre Pierrot lunaire à consacré à Georges Rémi.

– Puisque nous parlons des lecteurs en herbe, il m'a été dit que la veuve d'Hergé qui a apprécié votre recherche, ayant beaucoup fait parler d' Hergé, a moins goûté, outre les pages sur la période du Soir, ce que vous disiez sur le rapport d'Hergé avec les enfants, à savoir qu'il ne les aimait pas trop !

– Oui, c'est vrai, répond Assouline, ravi de la perche (et de la crèche), mais j'ai estimé pour ma part qu'il ne fallait pas occulter ce point, surtout concernant un auteur pour la jeunesse. Vous savez, je ne m'intéresse qu'aux hommes, tels Gaston Gallimard ou Simenon, que leur fonction aurait dû laisser dans l'ombre et qui sont devenus des mythes. Alors, Hergé, avec ou sans l'aide de Fanny, c'était dur de résister !

Azra a pigé la manip, elle emballe le moteur discrètos :

– Votre bio était un vrai pavé, mais j'ai trouvé surprenant que vous ne parliez pas alors de l'après-Hergé…

– Je l'ai fait volontairement. Je fais en sorte que toutes mes biographies se terminent à la mort du héros, ce qui me paraît logique. Quant à ce qui se passe après, ça ne m'appartient pas. Même si j'ai bien conscience que la Fondation Hergé, Moulinsart S.A., les histoires de droit, le phénomène de mode, de merchandising (culturel) sur Tintin ou Hergé etc. donnent largement matière à toute une histoire : mais ceci ne concerne plus Hergé, l'unique sujet auquel seul je m'intéresse, puisqu'il nous a quittés en 1983.

– Comment qualifieriez-vous les écarts d'Hergé pendant l'Occupation ? On dit qu'il était très misogyne et réactionnaire, mais était-il, plus encore, rexiste ou fasciste ?, revient à la charge JC un temps K.O technique par l'entrée de match mais qui n'entend pas, nonobstant, se faire distancer par les questions basiques de ses camarades de combat koquien.

– Non, il n'a jamais été fasciste, je viens de m'expliquer de nouveau sur ce point à Jérusalem : imprégné par les idées d'extrême-droite de sa jeunesse, je maintiens qu'il n'a jamais adhéré ou milité pour quoi que ce soit. Disons qu'il était seulement sous influence.

– Malgré l'authentique système esthétique, avec une structure répétitive, obsessionnelle et souvent onirique, qu'il avait mise au point, Hergé se rêvait éducateur, mais il payait cher le prix pour cela, dis-je, en s'adressant aux enfants, dans un journal belge d'obédience catholique dirigé par un prêtre tyrannique (*fascistisant* selon la formule même d'Hergé) et en se soumettant à des contraintes idéologiques. Non ?

– Certes, j'ai pointé le puritanisme, le colonialisme, le paternalisme, la misogynie et parfois l'antisémitisme qui découlaient de cet assujettissement. Mais j'ai reçu justement l'assistance de la Fondation Hergé (et de ses archives) pour faire lumière sur la période de guerre où Hergé a continué à travailler. Et vous n'ignorez pas que, dès la Libération, il a été, avant d'être arrêté et provisoirement écarté de la presse, la cible des vignettes satiriques racontant *Les Aventures de Tintin et Milou* au pays des nazis… Cette tache indélébile tranche avec les valeurs du boy-scoutisme cher à Tintin, et elle n'a cessé d'alimenter, je le regrette, « le lobby des tiers-mondistes » qui s'acharnent sur Hergé, comme lorsqu'on a tenté de l'empêcher, par exemple, de rééditer *Tintin au Congo*, pourtant le moins politiquement correct de ses albums. (Pour Hergé, ses histoires et ses personnages n'étaient que des caricatures révélant le ridicule des Blancs dans leur représentation de l'Afrique...) ou en débattant sur l'antisémitisme de *L'Etoile mystérieuse* où le méchant a un nom à consonance juive.

– Mais en quoi, sans vouloir vous pousser à refaire deux fois votre allocution au colloque d'hier, y a-t-il un caractère délibérément politique des aventures de Tintin ?, lancé-je mine de rien, tout en faisant un geste discret de la main vers Azra et JC occupés à déglutir leur jus d'orange pur daube, genre Tournez les gars v'la du grain à moudre pour nos télénautes !

« Pour Apostolidès, Tintin dans ses premières aventures (en particulier dans *Le Sceptre d'Ottokar),* est l'archétype du héros classique, cornélien, qui agit pour rendre son droit à un monarque trahi par un de ses proches au pouvoir, d'où un modèle politique atemporel chez lui. En contrepartie, l'idéal politique d'Hergé est celui de L'Action française mais, comme il est incompatible avec le réel, Hergé se déciderait au bout des sept premières *Aventures* à basculer dans l'utopie avec *Le sceptre d'Ottokar.* Qu'entendez-vous donc par « politique » quand vous apposez ce terme telle une référence inévitable à l'univers tintinesque ?
Nous y sommes. Assou, en vieux singe expert en ficelles et grimaces ne s'y trompe pas. Ces trois hurluberlus aux gros sabots webiens l'ont chopé pour avoir la primeur de son intervention au Colloque Tintin, ça ne le gêne pas car il aurait aimé diffuser quelques bonnes feuilles en exclu sur son blog de La République des livres mais se taper la saisie de ses notes, non merci : déjà qu'il s'est mis au net sur le tard, initié par ses filles, après la parution de *Double vie,* jouer maintenant à la secrétaire dactylo, niet ! Autant que ces morveux chevelus le fassent pour lui, ce sera tout bénéfice, ce *win-win* d'échange de bannières, un lien et hop ! Ce sera dans la boîte pour bibi !
– Ecoutez, indique-t-il, tout doux tout miel dans la voix (mais avec cette rigidité palpable de la main de fer sertie dans le gant de velours), mes valises ne sont toujours pas là, alors je peux bien refaire un petite reprise, du moment que vous ne montez pas ça n'importe comment ! C'est ce que je disais souvent aux gens qui me rendaient des papiers pour Lire : dans un article de journalisme littéraire il y a un début, un milieu ....et une chute !

Il regarde maintenant la caméra les yeux dans l'objectif et se lance, tel JC jouant à Unabomber dans la piscine de L'île verte, en plein cagnard juilletiste.
La politique dans Tintin est un sujet assez peu abordé car jugé trop sérieux ou dangereux et « chaud ». À 20 ans, Hergé est fait

« achevé d'imprimer » (comme dit Simenon), son idéologie est celle du scoutisme de sa jeunesse. Jusqu'à sa mort il restera un scout de Belgique, c'est-à-dire un « chic type », simpliste, pas intellectuel pour un sou. Il ne se torture pas sur le plan politique ou celui des idées. Ses principes sont la loyauté et la fidélité. On sait qu'il travaille à 20 ans au XXème siècle, et en particulier au supplément jeunesse du journal catholique, Le petit Vingtième, orienté contre la politique, les juifs, les comploteurs, le machinisme, les communistes, les francs-maçons etc.
– D'accord, on ne dit pas le contraire, mais où est l'engagement politique personnel de Hergé là dedans ?, s'étonne JC, sur la brèche à donf.
– Eh bien, on peut reprendre l'historique des albums, qu'à cela ne tienne. Chez les Soviets (1929), Hergé noircit le tableau: il ne voyage pas mais ne se trompe pas beaucoup. Le *Congo* (1930) reflète le colonialisme paternaliste de l'air du temps : Hergé est certes colonialiste mais à l'ancienne, pas au sens avant-gardiste du terme (Hergé précise dans une lettre que les réactions négatives envers cet album, auquel il est attaché, ne sont jamais celles des Africains eux-mêmes mais celle des pro-Africains, des intellectuels européens tiers-mondistes). Son Amérique (1930) est celle de la défense des opprimés.
« *Le Lotus bleu* (1931) est plus engagé politiquement : Hergé montre la mainmise des Japonais sur la Chine : pour la première fois, Tintin choisit son camp politique, à l'opposé – il faut le noter – du terreau idéologique de son auteur qui est la droite ultra, pour ne pas dire l'extrême-droite ! C'est qu'Hergé est tiré par Tintin, plutôt que l'inverse, du côté des victimes... Bernard Kouchner dira d'ailleurs du *Lotus bleu*, du moment où Tintin sauve Tchang de la noyade, que c'est la naissance des droits de l'Homme ! *Le Lotus bleu* c'est la naissance de la conscience politique de Hergé.
– Mais, interviens-je, Hergé faisait déjà de la politique avant cet album, non ?
– Pas au sens où, comme on le dit trop vite, Hergé était ami dans

les années 30 de Degrelle, qui sera plus tard avec le mouvement Rex l'emblème du fascisme belge (Degrelle qui dira alors : « Tintin, c'est moi !). Le seul point commun entre Degrelle et Hergé tient dans le langage fleuri et l'art de l'injure chers à Haddock ! D'ailleurs, Degrelle observera lui-même que Hergé n'était pas rexiste mais rexistant... Et s'il n'est pas rexiste, c'est qu'il a le sens de la parole donnée. Mais je reviens à la succession des titres, si vous le voulez bien.
« La Syldavie (1936) renvoie à l'Anschluss avec une forte inspiration des Balkans (l'Albanie) même si on ne sait si la Bordurie est communiste ou fasciste (les dirigeants portent la moustache comme Staline mais ont des insignes SS). Hergé semble renvoyer les deux totalitarismes dos à dos car Tintin est toujours neutre, au-dessus de la mêlée. « Après l'Occupation (1940) qui sert de révélateur pour tout le monde, L'Etoile Mystérieuse (1941) annonce l'apocalypse dans les extraits du Soir avec les caricatures de juifs (tel le banquier Blumenstein à New York) se réjouissant des bonnes affaires en perspective...

Se tournant triomphant vers JC Assouline l'affronte alors :
– Ce n'est pas de la politique cela ? D'autant que dans une lettre de 1942, son éditeur Casterman demande à Hergé d'atténuer son esprit antijaponais dans *Le Lotus Bleu* qui pourrait lui valoir les foudres de la censure. Et Hergé lui répond alors qu'il sera ou pendu ou fusillé pour avoir collaboré au Soir ou les deux dans le désordre et qu'il n'en a cure !
Un message sonore retentit soudain dans le hall : « L'avion d'Asian Airlines à destination de la Thaïlande est attendu quai d'embarquement F. Merci aux passagers de ce vol de s'y rendre ».

Azra s'immisce elle aussi dans la conversation, c'était couru :
« – Cela étant Hergé vivra moins bien la Libération que l'Occupation : les années 50 seront des années noires de ce point de vue, ce qui n'empêchera pas Hergé d'aider tous les proscrits

de la libération.

– En effet, acquiesce Assou. J'aime à rappeler que lors du procès pour collaboration des journalistes du Soir sous occupation allemande, le procureur refusera d'appeler Hergé à la barre puisque Tintin vaut comme le parangon du civisme, ce qui rend impossible le fait de l'envoyer en prison !

« Ce qu'on sait moins, se rengorge l'écrivain et journaliste, et qui est fort troublant, c'est que Hergé, lassé de l'épuration après-guerre en Belgique a voulu partir de son pays pour s'installer ...en Argentine, la patrie des nazis en fuite ! Il a fait toutes les démarches auprès des ambassades, obtenu son visa pour s'implanter là-bas mais il a renoncé à son projet in extremis, entrevoyant que loin de la Belgique il ne serait plus Hergé et qu'il avait besoin de son terreau natal pour produire ses récits. Il a bien fait d'ailleurs puisqu'il va ensuite travailler avec Leblanc, célèbre résistant, qui fonde le journal Tintin, ce qui va propulser Hergé au sommet du succès ... et permettre sa rédemption.

Zatopi fulmine dans son coin, il a pris quelques minutes pour se masser les mollets et placer ce qu'il espère un uppercut de la mort :

– Encore faudrait-il savoir, par rapport à ce que vous mettez en lumière, si Hergé a voulu intentionnellement donner une coloration politique aux exploits de Tintin et Milou ou si ce ne sont pas les circonstances qui l'y ont contraint ?

– Monsieur est connaisseur, siffle Assouline – à moins qu'il ne le persifle. Ce qui est fondamental alors c'est qu'à 40 ans, Hergé reprend ses albums fondateurs et les modifie : essentiellement pour des raisons techniques liées notamment à la mise en couleurs des planches, mais que le père de Tintin met à profit pour y glisser des modifications d'ordre politique. Il débelgise alors Tintin pour le rendre universel, blanchit les Noirs (*TA*), change le libellé des insultes pour qu'elles soient moins orientées qu'à l'origine. *L'Or noir* dont la couverture portait un sous-titre en lettres arabes fantaisistes et décoratives est traduite désormais en langue véritable, les méchants ne sont plus à New

York mais à Nuevo Rico (*EM*), les deux juifs épinglés dans la première version de *L'Etoile mystérieuse* ne sont plus dans l'album par la suite (on ne les retrouve plus que dans les strips du Soir de l'époque) : Blumenstein devient Bohlwinkel (marchand de bonbons) – mais, pour la drôle de petite histoire, Hergé qui voulait éviter les ennuis avec ces modifications recevra quand même des lettres de plusieurs Blowwickel juifs lui signifiant qu'ils ne veulent pas qu'il se moque ainsi de leur nom et de leur confession !

Assouline est parti, on ne l'arrête plus. Sans prendre son souffle il poursuit :
– Hergé s'applique aussi à nettoyer la langue de *Coke en stock*, à rendre les faciès des esclaves moins sombres. Par exemple Haddock lançait cette insulte qui fait froid dans le dos aujourd'hui à une femme voilée : Fatma de Prisunic !, qu'il adoucit considérablement. De même les affrontements entre factions juives et arabes sont-elles ramenées pour plus de commodité à de simples tensions entre Arabes.
« J'insiste sur le fait que ce n'est pas Hergé qui veut faire ces modifications, ce sont les éditeurs qui l'emploient (en Belgique, aux Etats-Unis, en Angleterre) qui les lui imposent contre son gré. Ces changements ou suppressions sont donc d'ordre politique mais n'obéissent pas à une volonté politique. Hergé dit dans ses Lettres : « Je ne veux pas démontrer, je veux divertir. A mesure qu'avec l'âge m'est venue l'expérience, j'ai de moins en moins cru que bons et mauvais se trouvaient séparés par une frontière géographique. Si Tintin a une *politique*, c'est de tendre la main, à travers n'importe quel rideau, à la jeunesse de tous les pays... ».
– Vous voulez dire, posé-je moi aussi afin de justifier ma présence à l'aéroport, qu' Hergé n'a jamais été un militant politique, que lui accoler une étiquette politique serait une erreur, y compris celle de « collaborateur » ou d'«antisémite», qui sont des engagements, des opinions politiques ?

– Cela n'empêche, surenchérit la brave Arza, qu'il en avait et qu'il a diffusé de l'idéologie dans les albums de Tintin, qu'on le veuille ou non !
– Mais Hergé n'est pas prosélyte, compense Assouline, car il est beaucoup trop individualiste pour cela. Il est toute sa vie réfractaire à l'embrigadement, aux dogmes et à la discipline. Cela étant, Tintin, comme Hergé, vit dans un univers de complot mondial et d'explication du monde par la main cachée, explication typiquement issue de l'extrême-droite. Ce que je pense surtout, c'est que cette œuvre qui n'est pas une œuvre d'idées est la création d'un homme intellectuel qui a eu le malheur d'être disséqué par des intellectuels depuis un demi-siècle !

JC n'a pas encore abandonné la hache de guerre. Il tente un jet de loin :
– Dans *Tintin schizo,* Pierre Sterckx, qui était pourtant un de ses plus proches amis, en veut par exemple à Hergé de ne jamais avoir reconnu son égarement pendant l'Occupation (son engagement auprès du Soir), de n'avoir jamais regretté ses positions pendant la guerre. De fait, Hergé s'en est expliqué, mais jamais sous le signe du regret... Curieux quand même!
– De même façon, s'amuse Pierre Assouline, quand le peintre Juif Alechinsky, dont Hergé grand amateur d'art contemporain collectionne certaines toiles, lui écrit en 1977 à ce sujet : à l'époque de *L'Etoile mystérieuse* il y a les rafles, l'étoile jaune et jamais votre œuvre ne s'interroge; Hergé répond : « Vous êtes un peu Alechinsky (un peu, beaucoup, trop) sévère à mon égard pour ce Blumenstein de l'an 1940. J'ai eu tort, je l'avoue mais, j'espère que vous voulez bien me croire, j'étais loin de m'imaginer que ces histoires juives que l'on racontait, et que l'on raconte toujours d'ailleurs, comme les histoires marseillaises, écossaises et tout récemment les histoires belges, allaient déboucher dans l'horreur. »
« Quand on lui demande si le général Alcazar des Picaros est de

droite ou de gauche Hergé répond à Numa Sadoul en 1971 que l'ambigüité d'Alcazar est celle de tout homme politique, mû par la Raison d'Etat...
Assouline s'interrompt car il vient d'apercevoir ses valises sur le tapis roulant. J'en profite pour le remercier de sa disponibilité et de son affabilité (une règle d'or du journalisme : un cadeau d'une main une baffe de l'autre) et lui demander sa conclusion tout en lui remettant ma carte de visite pour contact ultérieur. Rien ne se fera ce soir. Ou plutôt cette nuit...

Il regarde sa montre toute simple, finit l'ultime gorgée de son verre, se recoiffe à la va-vite autour des oreilles et assène :
– Je dirais donc que la ligne (claire) de l'attitude politique de Hergé est aussi claire que celle de son dessin : c'est une morale. Elle justifie aujourd'hui qu'on parle d'une politique d'Hergé et partant de là d'une politique de Tintin. Car son œuvre a atteint dès le début une portée exceptionnelle par sa dimension universelle et son impact international. Tintin, c'est lui, à n'en pas douter. Un scout toujours prêt à défendre l'opprimé. Ce qui fait que la mission de Tintin passe toujours avant l'opinion politique de Hergé.
« L'extraordinaire, voyez-vous, est que, plus de 70 ans après, on en soit encore, et nous-mêmes dans cet aéroport à une heure indue, à disséquer la politique d'Hergé alors qu'il s'agit tout de même d'un album pour la jeunesse (de 7 à 77 ans) dans lequel le héros a 14 ans en 1929 et 16 en 1960 ! Or Tintin ne parle jamais d'argent ni de sexe, il ne gagne pas d'argent, n'en a manifestement jamais besoin, il est reporter de profession mais n'écrit jamais et son meilleur ami est un chien (avec qui il converse, lequel chien lui répond en français) : toutes choses qui devraient nous inciter à parler légèrement des choses graves et gravement des choses légères. »

Azra coupe avec un claquement sec sa caméra. JC et moi lui serrons la main que déjà il a dégainé ses jambes longilignes pour

traverser l'espace neutre qui le sépare de ses bagages et se ruer vers la sortie en quête d'un taxi.
On se regarde tous les trois comme des débutants à un bal de pompiers du 14 juillet : on se le fait ou pas ?
Telle est la question.
Faut être lucide.

On l'avait à portée de pogne, le Pierrot, et on n'a pas su le choper. Peut-être qu'on n'a pas voulu. Quand il parlait je me disais qu'il ressemblait beaucoup à Hergé. Direct et sans ambages. Un chic type lui aussi. Quelque part ça m'aurait embêté de le trucider. Alors j'ai laissé faire, Azra et JC itou. Tisseron et Assouline seront les seuls à avoir échappé à notre filet.
Parce qu'on le voulait bien.

12. Tintinomane psycho : de l'étron au symbole

Je pousse.
Je pousse fort, de plus en plus fort. Pour autant mes entrailles ne se libèrent pas. Que nenni. Quedchi. PodZob. Nada. Wallou. Peaudeballe. Archiconstipé je suis. De même que tout congestionné, en apnée depuis huit bonnes minutes sur mon trône de céramique. Je suis tellement concentré sur l'effort que j'en ai du mal à respirer. Les parois de carrelage de chaque côté des ruelles de mon fief royal commencent de bouger, je ne sais plus trop où j'en suis
Si je suis.
Qui je suis.
Rideau rouge perlé de sueur.
Enfin retentit l'heure de la délivrance fécale.

Dans une éclaboussure qu'envierait les fontainiers versaillais et ce bon Toricelli *himself* je me libère de mon intestinal fardeau, lequel, las, se transforme illico presto en Radeau de la Méduse – un peu celui qu'occupent Tintin et Haddock dans *Coke en Stock*. Et ce ne sont pas les quelques feuilles éparses de papier rose dont j'estime opportun de nimber ces excréments erratiques qui ballotent – diantre que cette cuvette est immense, quasi océanique ! – qui changeront quelque chose à l'affaire. J'appuie avec fougue sur le bouton de la chasse d'eau. Le Radeau se fissure et se disloque, certains de ses éléments sont avalés par la *bocca della verita* putride du fin fond – entendez du fond sans fin avérée – de ladite cuvette.
Infamie, certaines bribes demeurent, impavides et réfractaires.
Dans le couloir j'entends des gens qui s'agitent.
On me cherche, on me hèle, on me poursuit. J'avais donné rendez-vous tôt à Azra et JC. La porte d'entrée est ouverte, ils sont entrés mais ne me voient pas dans l'appartement.

Ils ne tardent pas à rebrousser chemin, moquant ma distraction habituelle, les félons !
La situation devient embarrassante.

Comment affronter ses propres besoins ? (Surtout quand, justement on n'en a plus besoin.) "Que faire ?", dirait Lénine. Avec frénésie, maintenant, j'appuie sur le *fucking'* bouton. Et un, et deux, et trois ! Tant d'opiniâtreté ne saurait rester non récompensée. Seul s'agite désormais à la surface des flots chiottesques déchaînés un bout d'étron de forme sphérique, mais qui résiste avec vaillance au vortex avide qui veut s'en emparer. M'est avis qu'il ne sortira que par la force des baïonnettes celui-là...
Venue de nulle part, une ritournelle enfantine zarbi me sabre les tympans, bande de Moebius sonore luciférienne:
"Radjaïdjah sur mon bidet !
Radjaïdjah sur mon bidet !..."

La sombre boulette, dans son mouvement satellitaire fascinant s'il en fût me renvoie à l'astéroïde d'*Objectif Lune*. Ici aussi la conquête semble impossible. Je recule pour admirer le spectacle d'un peu plus loin puis fais un petit pas en direction des W.C. Une ultime pression et le satellite dévie enfin de sa trajectoire, brisant son orbe céleste en un désastre aqueux, englouti par la bouche de vérité tel Jonas dans la baleine.
Le papier peint au motif Tintin qui occupe tout l'espace supérieur au carrelage, soit la moitié de la pièce plafond compris, ne me semble plus ajusté. Les parallélépipèdes bleu et blanc où apparaissent les personnages hergéens (8 € les rouleaux de 2 mètres sur eBay), comme en tête et fin de l'intérieur de chaque album de Tintin, ont acquis l'espace d'un instant une vie qui leur est propre, s'animant sous le souffle démiurgique d'une puissance dont on pourrait croire qu'elle souhaite me terrasser.
J'ai l'impression que les Dupondt se foutent de ma gueule.
Cette guerre des nerfs livrée de bon matin (il est 11 heures) m'a

épuisé.
Livide, je retourne me coucher. Le cœur et le corps au repos, je m'interroge : à force de tant scruter les arcanes tintinesques, condamné à voir un satellite lunaire dans un résidu de merde, ne suis-je pas en train de voir des symboles là où il n'y en a pas ? Bref, ne suis-je pas complètement à l'ouest ?

Si je ne dis pas que des conneries, *Hergé au pays des tarots* (Cheminements, 1999) atteste pourtant, à ma connaissance, de la présence du symbolisme dans l'œuvre d'Hergé. Non pas qu'il faille comprendre par ce titre que Pierre-Louis Augereau se limite au symbolisme de la cartomancie puisqu'il mène l'enquête en réalité, aux confins de l'alchimie, de l'astrologie et de l'arithmosophie pour proposer *in fine* une lecture ésotérique globale des albums du dessinateur bruxellois.
De même Bertrand Portevin nous renseigne-t-il dans *Le démon inconnu d'Hergé* (Dervy, 2004) sur la façon dont ce dernier, féru d'astrologie, de mythologie et d'alchimie, a "crypté" ses albums, bâtissant son Grand Œuvre, ses 22 titres, sur le canevas ancestral de la kabbale et des cartes du Tarot auxquelles il accordait une confiance aveugle. Avec pour outil la «Ligne Claire», véhicule d'une pensée de la même veine, un trait d'équilibre, la «Voie» pour cheminer entre le bien et le mal, le juste milieu des taoïstes. Toute sa vie, selon Portevin, Hergé tendit la main, par trait interposé, pour accompagner ses lecteurs, en toute honnêteté, sans masquer les difficultés, ni les chausse-trapes, et « conquérir l'Alphard, l'étoile des Philosophes »...
Vingt-deux albums fondamentaux se présentent ainsi à nous, autant que les lames du Tarot et les chapitres de l'Apocalypse (l'épilogue du *Trésor de Rackham le Rouge* prend place au fond de la crypte du château de Moulinsart. autour de la figure de Saint-Jean l'Évangéliste, Tintin parvenant à découvrir dans une mappemonde surmontée d'une statue de l'apôtre, ces pierres précieuses qu'il est allé chercher jusque dans une île des Mers du Sud). L'œuvre d'Hergé fourmille d'ailleurs de ces symboles, où

l'eau joue un rôle capital : L'île, le château, le souterrain. Quand l'aérolithe de *L'Étoile Mystérieuse* s'abîme dans la mer Arctique, porteur d'un métal inconnu, il devient une sorte d'île au trésor". De même, protégée par le gorille Ranko, sorte de Bête apocalyptique, *L'Ile Noire* – claire contrefaçon de l' "île blanche" chère aux mythologies d'origine nordique – abrite une symbolique bande de faux-monnayeurs travaillant dans les ruines d'un château. Et les vestiges de Ben More sont le négatif de Moulinsart ou de Kropow, le palais royal renfermant *Le Sceptre d'Ottokar*. D'ailleurs, la cité des savants d'où part l'expédition d'*Objectif Lune* est dissimulée au cœur de ce même royaume de Syldavie, dans les contreforts d'une montagne d'accès difficile.

Ce symbolisme de l'utopie souterraine traverse également *Le Temple du Soleil*, où le repaire des Incas n'est atteint qu'au prix de multiples épreuves. Il est à noter toutefois que l'île perdue, quand bien même connotant le Paradis (de l'enfance) qui l'est tout autant, les robinsonnades de Tintin ont peu à voir avec celles qu'étudie Gilles Deleuze dans *La logique du Sens*. Chaque île abordée devient de toute façon "noire" à sa façon, irradiée par les viles transactions économiques et par la Mort. *Les Picaros* montreront assez clairement que l'explorateur Ridgewell apparu dans *L'Oreille cassée* est déçu par sa robinsonnade : leur sorcier et sa pensée magique les a abandonnés mais les Arumbayas ne vivent pas mieux, ils brûlent le peu qu'il reste de leur culture archétypale dans la consommation de whisky, se métabolisant en épaves de la société d'abondance. La tribu n'a plus de sens sacré – le sens du sacré – et le retrait hors de la civilisation bruyante ne vaut plus que comme retraite.

Il est sûr *de facto* que la circulation des êtres et des choses (avec l'acmé que représente le trafic des esclaves dans *Coke en stock*) marquant telle une tunique d'infamie les Temps modernes impose une circularité infernale entre les êtres sociétaux : ces derniers, tels les mineurs kantien de la *Réponse à la question :*

qu'est-ce que les Lumières ? s'avouent dès lors impuissants à quitter l'enclos généralisé qui tient lieu d'espace commun pour le bétail, ce "réseau de l'échange" qui ne laissent comme alternative aux héros des *Aventures...* que l'enfermement dans leur propre structure: le château de Moulinsart hérité de l'ancêtre de Haddock, ultime bastion de l'ordre tintinien face au désordre altruiste. Le capitaine, Tournesol, Tintin et Milou ne rêvent bientôt plus après *Le trésor de Rachkam le Rouge* que de s'y barricader pour fuir le monde mophétique des Lampion et consorts, faux apôtres de la communication.

Alors, si Hergé est capable de tels déplacements, les métaphores valant ici comme promesse de métamorphoses, je vous pose la question : pourquoi devrai-je m'interdire de sonder *ad nauseam* ma propre merde sous l'angle tintinolâtre ? Kundera dit bien que l'homme vissé à sa cuvette en train de se vider dans l'abîme infini des toilettes – position dans laquelle on ne voit jamais aucun des personnages hergéens – ressortit d'une posture, une stase métaphysique...

Journal de bord
Tintinade 3

"Non, Tintin n'est pas raciste"
par Criticus, Agoravox.fr (Tribune Libre)
vendredi 20 juillet 2007

Je ne pensais pas avoir un jour à parler de Tintin. Mais ma tintinophilie de longue date - en fait depuis que je sais lire, puisque c'est à 6 ans tout juste que j'ai découvert le plaisir de la lecture à travers les aventures du reporter bruxellois - m'amène à réagir à l'interdiction de Tintin au Congo *pour les mineurs du Royaume-Uni.*

Le second album des aventures de Tintin et Milou a été jugé raciste par la commission britannique pour l'égalité raciale, *dénomination savante pour désigner un organisme chargé avec d'autres de transformer la société britannique, naguère si ouverte, en une marqueterie de communautés distinctes. Il est vrai que le périple de Tintin au Congo belge, dans le contexte de 1930, affiche un colonialisme comparable à celui qui a prévalu un an après lors de l'Exposition coloniale de Paris, de la même manière que le premier tome des aventures du jeune journaliste,* Tintin au Pays des Soviets, *est un brûlot anticommuniste qui ne brille ni par sa connaissance de l'Union soviétique ni par sa neutralité idéologique.*

C'est d'ailleurs pour cette raison qu'Hergé avait refusé de rééditer ce premier album controversé, précaution qu'il n'a pas cru devoir prendre pour le second, Tintin au Congo, *ni pour le troisième,* Tintin en Amérique.

Cela aurait pourtant été louable, car pour moi, l'aventure en deux albums Les Cigares du pharaon/Le Lotus bleu *marque le début des vraies Aventures de Tintin et Milou, celles d'un idéaliste internationaliste en butte à l'injustice, et qui parcourt le monde en quête d'aventures et de torts à redresser. C'est d'ailleurs pour cette raison que le général de Gaulle avait considéré Tintin comme étant son "seul rival".*

Dans ce premier chef-d'œuvre, Tintin, de l'Egypte à la Chine en passant par la Péninsule arabique et les Indes, remonte la piste d'un réseau mondial de trafic de stupéfiants. Si le premier tome, qui précède l'arrivée de Tintin à Shanghaï, n'est pas révolutionnaire, le second démontre le courage et la tolérance de son auteur : Hergé, sans doute influencé par son amitié - sa liaison ? - avec Tchang, un jeune Chinois émigré - qui lui inspirera le personnage du même nom que Tintin sauve à deux reprises -, condamne clairement l'occupation de la Chine par les troupes japonaises.

Entre ces deux Tintin en apparence inconciliables, c'est le second, humaniste, qui doit être retenu puisque c'est lui qui a rencontré un succès mondial, et non le premier, anticommuniste et colonialiste, ainsi qu'anti-américain, anticapitaliste et plein de mépris pour les Amérindiens dans Tintin en Amérique. Mais il est vrai que quelques réminiscences du premier Tintin apparaissent dans la suite de ses aventures, par exemple dans l'album qui suit, L'Oreille cassée - mon préféré toutefois -, où l'on peut voir Tintin, revenu bredouille d'Amérique latine dans sa quête du fétiche à l'oreille cassée, s'adresser à un marchand qui présente toutes les apparences du cliché du Juif colporté par les milieux antisémites des années 30 : nez crochu, cheveux huilés et crépus, petites bésicles et frottage de mains en signe manifeste d'avarice.

Le Crabe aux pinces d'or, dont une grande partie se déroule dans un Maroc alors sous protectorat français, fait apparaître, pour la dernière fois, un Tintin colonial : l'aventurier à la houppette tutoie en effet un petit boutiquier marocain, lui qui est d'ordinaire si respectueux et ouvert aux autres cultures.

Je passe sur les rééditions ultérieures, qui ont voulu gommer, à la demande de certains pays, les signes qui font apparaître une mauvaise connaissance de la langue française par les amis de Tintin. L'émir Ben Kalish Ezab, par exemple, envoie au début de Coke en stock une lettre au capitaine Haddock par laquelle il lui confie le prince Abdallah "pour son langage française perfective" (sic) - en fait pour le mettre à l'abri des troubles qui agitent l'émirat imaginaire du Khemed. Dans l'édition postérieure, les fautes de français de l'émir ont été corrigées.

Tout cela ne peut de toute façon pas faire oublier le Tintin qui empêche l'invasion du royaume de Syldavie, démocratique, par la Bordurie militariste et dictatoriale, dans Le Sceptre d'Ottokar, qui prend la défense du petit Quechua Zorrino contre des Latino-Américains qui le brutalisent dans Le Temple du Soleil, évite que la machine à ultrasons du Pr Tournesol ne tombe aux mains de la même Bordurie, dans L'Affaire Tournesol, et surtout qui démantèle un réseau esclavagiste dans Coke en stock.

C'est ce Tintin-là qui m'a fait rêver et je ne suis pas du tout d'accord avec ceux qui s'emparent de cette interdiction - qui ne démontre d'ailleurs pas un grand souci de liberté d'expression chez les Britanniques - pour tenter de faire le procès de Tintin. Non, Tintin n'est pas raciste. Quand bien même les tout premiers albums pourraient le laisser supposer, la vingtaine qui suit rachète, à mon sens, largement les errements qui ont marqué les débuts de l'aventurier. Pour admettre cela, il faut d'abord être capable de pardon et accepter l'idée de rédemption. Une qualité dont ne semblent pas être doués les donneurs de leçons qui sévissent ici ou là.

13. Hergéneomatrix

Goût d'amertume salée dans le voilé supérieur du palais. Nouvelle nuit sans sommeil. Le paquet de copies s'enfle plus qu'il ne s'amenuise sous les sunlights fatigués de la lampe du bureau en forme d'UFO orange pur style seventies. Par la fenêtre, au travers des volutes grises du cigare Robusto à l'odeur de miel et d'épices je vois les péniches qui ahanent sur la Seine primitive, timidement éclairées par les projecteurs de l'usine Renault de Flins-sur-Seine.

Le cours sur l'Allégorie de la caverne n'a pas produit la positive attitude que j'espérais, je tente un dernier essai avec une interprétation philosophique du film *Matrix* des frères Wachowski. Tous les gamins boutonneux l'ont vu pour les effets spéciaux et le contexte SF-zarbi j'ai une chance de raccrocher les wagons si je ne me loupe pas sur ce coup-là. Je vais y aller à l'intox : projection peinarde dans l'auditorium du lycée puis reprise en plusieurs séances du fond – sans contrôles. Je vais leur vendre ça comme de la pure détente alors que ça va les ferrer grave. Plutôt que des références philo trop elliptiques (pléonasme) pour eux, leur donner du mou (des renvois aux images minutées, façon cours de cinéma à la fac, on est déjà des grands) : si ça c'est pas du *fucking'* "concreeeeeeeeeet" j'arrête.

Il vaut mieux laisser tomber Tintin, ça les accroche pas. L'ont pas lu, pour les plus fins, c'est juste le récit d'un zoophile qui n'attend que l'occase pour enculer son chien - avec une poignée de graviers en prime.

Je ne sais pas pourquoi mais pourtant, à mes yeux, *Matrix,* la RV et Tintin ; le rêve, la perception et la caverne (pas la caserne) ce sont des univers connectés. Avant de relire mes notes des cours à venir, je me prends à penser que ces feuilles pourraient être décisives pour moi. ET POUR TOUS CEUX QUI ME

SUIVENT.

Pris au premier degré, *Matrix* nous plonge dans un contexte où les machines ont gagné en surface, en 2099, la guerre face aux humains, dans une histoire d'individus prisonniers physiquement des machines. Leur corps est en repos dans des cocons tandis que leur esprit est branché à une réalité virtuelle qui leur apporte un simulacre de vie normale. La leçon du film est ainsi celle de l'auto-emprisonnement du sujet dans un système de simulacres. Chacun est amené à penser le jeu de l'identification, sa propre liberté, comme une simulation qu'il faut savoir dépasser si on ne veut pas rester prisonnier de ses perceptions illusoires. Toute la difficulté réside dans ce que le simulacre est une représentation artificielle qui est tenue pour le Réel, tandis que la simulation est une représentation artificielle dont on sait qu'elle n'est pas le Réel, mais qui opère comme une base expérimentale pour évaluer certains aspects du Réel et pour polir certaines formes d'interaction avec le Réel en écartant le danger de dommages irréversibles.

Le simulacre est l'artifice pris pour le Réel par la conscience abusée, tandis que la simulation est l'artifice utilisé lucidement dans l'apprentissage du Réel. La simulation cache toujours potentiellement un simulacre, mais le danger se trouve dans la capacité de la conscience à oublier et à s'abuser... Dans *Matrix*, la Matrice est le simulacre.

Ce qui est en jeu à mes yeux dans cette aventure religieuse dans un univers informatique qu'est *Matrix*, son intérêt philosophique, c'est donc :

a) une modification profonde de notre rapport au monde

b) un retour au sens premier du programme, pensé non pas en son sens informatique mais comme " une préparation d'éléments qui forment une suite logique et créent un événement " (définition du dictionnaire). La question est alors : existe-t-il un programme de la liberté ? La liberté se programme-t-elle ?

Bref,
c) une redéfinition du réel, réduit par une mise en abyme cinématographique à une imagerie artificielle.
C'est le problème de la répétition ; de la grande roue morte des habitudes dont parle Cocteau : face à quoi on peut soutenir qu'il nous est toujours loisible de d'avoir d'autres possibles, de faire autre chose, d'inventer… de " reprogrammer " les machines que nous sommes.
La question fondamentale alors consiste à savoir quelle densité il faut attribuer à cette réalité. Quelle consistance donner à ce monde qu'on a sous les yeux ? On peut s'interroger d'ailleurs ici sur sens du monde pour les protagonistes de la trilogie *Matrix* car la seule caractéristique commune au monde de la matrice, de Zion et des programmes semble la fête technoïde où les hommes représentés semblent quelque peu s'oublier comme des brutes. Cet espace collectif où la cité est toujours une caricature, entre bruit et fureur, et où la sensualité est reine, est-il si enviable que cela ? (La trahison ultérieure de Cypher est-elle plus bestiale au regard cet abandon grégaire ?)
Notre question se précise : si nous avons toujours accès à une réalité perçue par notre subjectivité et non à une réalité absolue, une fois plongé dans le monde virtuel, comment le distinguer de la " réalité vraie " ? comment distinguer rêve qui a l'air vrai du rêve tout court ?
De ce point de vue, le parallèle entre rêve et réalité virtuelle pose que l'expérience de cette réalité ne passe plus par des informations générées par notre corps et les cinq sens, comme si cerveau se débranchait du corps pour se connecter à une autre source sensations, en l'occurrence une machine pour le cas de la Matrice. Mais la différence est qu'on se réveille toujours du rêve alors que sortir de Matrice est plus dangereux. A tel point que dans la Matrice, pour se libérer il faut mourir : quand il choisit la pilule rouge Neo meurt à cause d'un virus métallique qui envahit son corps jusqu'à son trépas organique...

Réfléchir à *Matrix* c'est savoir :
- S'il faut mettre l'imagerie et l'informatique dans l'ordre du virtuel ou du réel ?
- S'il y a une influence virtuelle dans le monde des media, de l'image et de la communication qui modifie notre relation au réel?
- mesurer l'angoisse de la postmodernité où la représentation en est venue à occuper la place du réel.
- Poser cette question ultime : comment une société peut-elle produire un individu coupé de la nature, coupé de toute réalité (ayant perdu notion d'espace public ou commun) ?

Quel est donc l'objectif film ?
1/ Faire prendre conscience à chacun qu'il est le principal responsable de son aliénation, sa soumission au simulacre et au factice, au faux qui prétend passer pour du vrai, à l'artificiel pour du naturel. La question sous-jacente en effet est la suivante : si la matrice semble si réelle, pourquoi ce que l'on pense être notre monde réel ne serait-il pas également une matrice ? Nous serions alors dans une Matrice de matrices...
2/ Amener le spectateur à cultiver son intuition comme, certes un obstacle à la compréhension logique des éléments qui l'entourent, mais aussi quelque chose qui échappe justement à logique pure et se révèle, c'est le paradoxe, la source d'une éventuelle transcendance. D'une libération. En arpentant le chemin du réseau des simulacres ambiants (Internet, ciné, TV, vidéo, ordinateurs etc.), l'homme peut survivre s'il développe la croyance qu'il est autre chose qu'une entité programmable. Non point un programme informatique mais une capacité existentielle de programmation de soi.
Que dire alors de *Matrix* au regard de ces interprétations de la " réalité " (perçue, sentie ou construite), de la conscience qui la saisit et du langage qui la dit ? Peut-être que ce qui est encore l'impensé de *Matrix* tient dans la place de l'amour au sien de cette curieuse représentation d'un ordre social moins futuriste

qu'autre que le nôtre. Pilule du choix ou choix des pilules dans *Matrix 1*, c'est bien toujours la question, obsédante, du choix qui revient, dans *Matrix 2* où l'Architecte somme Neo de se prononcer sur un imprononçable, soit le choix entre l'amour de Trinity et le destin de l'humanité entière dont Neo est désormais, lourd fardeau, le dépositaire. Et Neo tranche, se souvenant sans doute que le prisonnier libéré de ses chaînes chez Platon redescend aider son prochain dans la caverne qui lui tient lieu de société. Et The One choisit l'Une au détriment de tous les autres, sacrifiés au nom de la passion, contre toute logique.

Mais de cet illogique naît le renouveau, le véritable événement au sein du Même, cet éternel retour de la Matrice – laquelle n'est certainement pas féminisée sans raison ces bougres de Wachowski.
J'arrête là.

Finalement, les péripéties de Tintin c'est plus simple. Sauf si l'on voit dans les exploits de ce Neo en culottes de golf une prémonition à la *Videodrome* du *reload* infini des avatars et de la virtualité. Moi-même j'ai souvent l'impression d'être au cœur de la matrice hergéenne.
Hergé.
Neo.
Matrix.
Hergéneomatrix
Ça le fait grave.

Ouah, 2H42.
Trop tard.
Ca va être duraille de se lever à 5H55 pour parader sur le fleuve avant d'aller voir si le pantalon des militaires est bien repassé. Tellement crevé que je me demande si ça vaut le coup d'aller m'allonger au lieu de continuer à bosser vaille que vaille genre souquons/soukons jusqu'au bout.
Mais bon, c'est le taf. S'ils sont pas content avec ce cours, seront

jamais contents. (Ces notes, à distance, avec leur théorie de sigles, de minutages et de termes techniques ça ressemble à rien: je trouve ça rigolo.)
Donc yapluka.

Sinon tant pis, tintin pour eux. Voilà ça faisait longtemps, ça me reprend. J'suis tombé dedans quand j'étais petit: c'est l'histoire sans fin avec la marmotte à la place du Milou.
Allez, j'éteins tout et je me pieute quand même.
Je m'éteins – si je puis dire –, ce qui est encore la meilleure façon de s'atteindre.
A chacun sa caverne.

14. Tintin schizo ?

Le crâne chauve, la barbe blanche et l'accent à la belge sympathique, le critique d'art français Sterckx a tout du bon vivant et de l'amateur éclairé. Il suffit que cet homme là, à la nonchalance élégante (on l'a rarement vu encravaté), ajuste d'un coup de pouce ses lunettes à montant transparents pour que son regard abandonne les lointains où il vagabondait et se fasse soudain des plus aigus, piqué de faucon pèlerin sur sa proie, et qu'il vous décrypte comme personne un tableau ou une image. Une vidéo sur Internet le montre d'ailleurs se livrer, acéré, à cet exercice pour l'hebdomadaire Télérama sur une case du *Lotus bleu* à l'occasion de l'exposition Hergé qui a eu lieu à Beaubourg en 2006.

Azra est parvenue à lui fixer un rendez-vous loin de Paris en prétextant que le propriétaire anglais de la tour ayant servi de modèle à Hergé pour *L'île noire*, à côté de Saint-Raphaël, organisait une soirée triée sur le volet pour les tintinologues avertis et qu'il serait honoré de sa présence, tous frais inclus, en compagnie des sieurs assouline, Bourdil et Peeters (peu de femmes exégètes du grand œuvre T.n.T vous l'aurez remarqué). L'évènementiel prévu pour la première semaine de juillet, nous sommes tous arrivés par le train sur place, Azra nous ayant fourni une confortable base arrière avec la villa de sa grand-mère architecte à Boulouris. Une spacieuse demeure, typique des années soixante-dix à la *The party*, le bac à poiscailles en moins, en forme de losange parfait, jouxté par l'inévitable jardin grillé où les cigales s'en donnent à cœur joie pour palier – en pur désespoir de cause – l'éphémérité de leur condition.

La grande table sur tréteaux a été installée sous l'olivier central dont le curieux tronc se scinde en plusieurs ramifications s'épanouissant en des cimes qui rivalisent avec les hauts cyprès. Le rosé à la Rose (c'est son nom, ça ne s'invente pas) coule presque à flots. Les projecteurs installés une heure plus tôt transforment le jardin en un happening artistique où la moindre branche floutée joue au tableau d'art contemporain. Tout cela est horriblement tendance ....et parisien. Invisibles de la rue en vertu des denses haies de brandes de châtaigniers qui nous en isolent, nos tenues du K.O.C sont même de sortie, le bas de nos robes de cilice contrastant avec nos sandales et shorts estivaux. Il règne une chaleur à damner un saint, alors un diable, pensez-donc !

Pierre Sterckx, puisqu'on en parle, s'amuse visiblement beaucoup de ce rituel et ne perd pas une miette du taboulé et des tomates-cerises au piment dont il se gargarise avec volupté avant de répondre à la première attaque de JC sitôt les entrées servies.

– « Vous êtes intéressé par l'éternelle question de savoir pourquoi, depuis 1930, Tintin fascine des générations de lecteurs, soit, mais vous proposez pour affronter cet Himalaya hergéen une plate distinction entre Hergé et son personnage. Franchement, que « Tintin n'est pas Hergé », croyez-vous qu'on ait eu besoin de vous attendre pour en être informés ?
- Oh, ne me jugez pas trop présomptueux, lui répond-il avec tranquillité. En posant que le personnage et son inventeur sont des êtres à situer sur des plans différents, je voulais souligner que le personnage fictif est à la fois d'une étonnante simplicité et d'une confondante complexité : sans cesse en mouvement, il ne change pas ; toujours entouré (d'amis ou d'ennemis), il est seul, d'une solitude radicale, absolue ; immortel, il est constamment confronté à la mort ; vierge de tout fantasme sexuel, il n'est pas du tout en manque parce que sa sexualité est partout et tout le temps ! Basé à Moulinsart comme dans un refuge, il n'y est à l'abri de rien... Tout cela pour dire que, sous des dehors de brave garçon, Tintin est une énergumène indiscipliné au devenir imprévisible.
JC pousse ses pions, badin. Azra et moi suivons ce ballet de ping-pong rhétorique sous les étoiles, ça promet !
– Vous ne voulez pas montrer que Tintin est fou mais plutôt

qu'il est double ou ambigu, constamment en train de repousser les limites, à la fois extérieures et intérieures ?
– Oui, Tintin flirte bien avec la folie ; mais "Schizo" désigne pour moi, conformément à la leçon de Deleuze, celui qui obéit à une énergie psychique libre, qui refuser toute imposition symbolique à l'inconscient
« Tintin est en apparence situé du côté de l'ordre, de l'immobilisme social et moral alors qu'en réalité on le voit fasciné par la folie et la déviance (l'opium, les fakirs, le poison, l'alcool d'Haddock, les hallucinations, les cauchemars…) !
– Rien qu'à découvrir le titre de votre essai, on imagine un pied de nez à l'orthodoxie tintinologue, voire une tentative d'interprétation psychologique d'un personnage justement dénué de psychologie, mais tout le problème est que l'impression désagréable qui en résulte à la fin est surtout celle d'une lecture hermétique et jargonneuse d'un corpus déjà surétudié...
Zatopi *the first* vient de passer la deuxième d'un coup rageur. Le bibendum ferait bien de s'accrocher, il est assis sans le savoir à la place du mort dans un bolide mené par le Fangio des tintinolâtres. Ça va barder pour les chapeaux de roue dans les virages... Mentalement, Azra et moi venons de clipper nos ceintures de sécurité.
– Mon dieu que vous êtes sévère ! se plaint Sterckx, surpris par cette embardée en surplomb du précipice. Je comprends que ma lecture deleuzienne de Tintin vous a dérangés. Fort bien, je vais...
– ...Non, attendez, le coupe JC sur un arbre (critique) perché, il me semble que tout est dit dans votre aveu. Si le « schizo » du titre est un schizo deleuzien – vous passez d'ailleurs un bon moment à nous expliquer qu'il ne faut pas lire «schizophrène » ici mais quelque chose comme « schizoïde » (façon, semble-t-il, d'évacuer l'interprétation psychiatrique et plus généralement psychologique qui s'imposerait alors) –, il aurait fallu nommer explicitement votre livre "Tintin Schizo deleuzien" ; ça aurait pu aider !

– ...

– Je vais vous dire pourquoi : vous ignorez ce que la psychologie dit de la schizoïdie (est schizoïde celui qui se contente de solitude et qui démontre peu ou pas d'intérêt pour les relations sociales) pour privilégier une lecture qui se joue de la définition normale des mots (le propre de Deleuze, cela dit au passage, mais n'est pas Deleuze qui veut): schizo selon vous est à comprendre au sens du «moléculaire» de Gilles Deleuze et Félix Guattari, et non pas du « molaire ». Admettons, encore eût-il fallu que vous indiquassiez ce que signifie « moléculaire » plutôt que la totale abstraction allusive de vos propos. Tout le monde n'a pas lu *Mille plateaux*, que je sache ! La distinction que vous empruntez à ces éminents auteurs, au sujet du codage du capitalisme, entre le molaire et le moléculaire, pour le lecteur lambda, c'est vraiment pousser mémé dans les orties !

– Mais enfin, s'emporte le critique d'art, je n'ignore pas ce que dit la psychologie classique, j'entends juste proposer une autre lecture, plus oblique afin de mettre en lumière des caractères tintiniens passés inaperçus ! Comme je l'indique en début de mon livre, je préfère schizo (ou versant schizoïde) à schizophrène parce que le premier est une production de désir et de langage qui fait passer des flux (actes, signes) à l'état libre alors que le second renvoie au contexte clinique. Seule m'importe la puissance de création du processus.

– C'est bien ce que je vous reproche, tranche JC glacial (ce qui vu le contexte météo est une prouesse de haut vol) : une interprétation platement psychologique suffirait à apporter un éclairage original sur la supposée « absence de psychologie» de ce héros-coquille qu'est Tintin, fermé sur lui-même et indifférent au monde au point de s'en vouloir le centre, la force agissante et régulatrice.

– Nous sommes bien d'accord sur ce point, le rejoint l'auteur de *Tintin schizo*, qui tient à profiter de la nourriture jusqu'au bout (il a lorgné en arrivant sur le plateau de fromages et le Fitou "chasse gardée" 2002 mis à chambrer ; on ne change pas une équipe qui gagne) et ne veut pas gâter l'ambiance avant de s'être rendu sur L'île d'or. Sans doute regrette-t-il un peu de s'être placé à ce point sous notre dépendance.

« En ce sens, si Tintin est "schizo", c'est qu'il n'a d'amis que ceux qui choisissent de s'attacher à lui. Il ne réagit pas à la méchanceté — il court après les bandits par pure convention et l'idée de vengeance lui est étrangère — et il pratique l'empathie de manière quasi mécanique, forcée même. Tintin en personne est *awkward* (mot anglais quasi intraduisible signifiant gênant, inconfortable), mais c'est aussi une qualité : il ne juge pas des excentricités d'Haddock ou de Tournesol, ces excentricités sont des faits irréductibles qu'il lui serait impertinent de vouloir corriger. C'est bien Tournesol qui « guérit» Haddock de son alcoolisme ; Tintin, quant à lui, n'en a cure, sauf peut-être dans *Le Crabe*..., au moment où il a besoin de l'aide du Capitaine : «Que dirait votre vieille mère si elle vous voyait dans cet état ?»
– En effet, relance JC intraitable entre deux bouchées des délicieuses lasagnes maison (ah, les grands-mères archi qui cuisinent !), mais enfin : vous commencez par une conclusion, qui vous semble évidente, puis vous accumulez les faits accomplis sans jamais vraiment rien démontrer ! C'est tout de même une bien étrange façon d'écrire, aux limites du solipsisme... et qui risque à tout moment de devenir une parodie d'elle-même ! Qui plus est, apostolidès soulignait en force, dès 1984, que l'attitude exubérante et maladroite de Haddock était perdante face à ce qu'on trouvait chez Tintin classé naguère sous l'appellation de "schizoïdie", soit le contrôle constant des pulsions sexuelles et agressives, l'indifférence affective qui en résulte. Ainsi la rupture entre une vie sociale ultra-conditionnée et une vie imaginaire libérée n'est plus signe délétère de folie mais un idéal à atteindre pour nos contemporains.... d'où leur fascination grandissante pour l'univers des super-héros d'ailleurs, dont Tintin serait l'un des prototypes – sans les effets spéciaux. Umberto Eco en parlait assez nettement dans son essai sur *Tarzan ou le mythe du Surhomme*.

Là, un silence assez épais s'instaure. Le Zatopi, dans un de ses grands soirs, a marqué un point. De l'autre côté du pont, la défense s'organise. L'armée sterckxienne balance les sacs de sable, apprête les mortiers et annonce une tripotée de chars dernier cri. Les fantassins-tirailleurs sont prêts à donner l'assaut : ils n'attendent plus que le signal du général Delasalle, hussard réputé pour charger "pipe au clair", un des aïeuls de la famille d'Azra dont une représentation en soldat de plomb trône sur la cheminée du salon. C'est pas à eux qu'on va refaire en loucedé le coup de la ligne Maginot...
– Hum, votre connaissance du corpus tintinesque vous honore mais nous ne sommes pas là pour distribuer des bons points, si ? Et puis, transformer Tintin en "X-man", je veux bien mais attention à ne pas brûler les étapes ! Vous m'accorderez à tout le moins, j'ose l'espérer, que ma thèse selon laquelle Tintin passe à travers les codes est féconde. Contrairement à ce qu'on pourrait penser, Tintin n'est ni altruiste, ni colonisateur face aux autres cultures. Il s'insère et s'immisce dans la société en prenant bien soin de s'arrêter à la surface des êtres dans leur mystère, ne prêtant aucun intérêt à la psychologie des personnages secondaires.
Souvenez-vous qu'il aura fallu Tchang – et la Chine – pour faire pleurer Tintin !

Le stratège Stercks est habile. À stratège stratège et demi. JC avait préparé un véhicule tout-terrain façon l'engin blindé dans *Batman Begins* pour niquer les troupes en jouant la fille de l'air, là il lui faut changer de cap à son tour pour ne pas s'enliser dans un bunker (de sable, comme au golf, c'est pas le soldat Ryan pendant le débarquement sur les plages de Normandie).
– Je reconnais que ces pages font partie des plus intéressantes de votre ouvrage, signe qu'il y en a. Tout n'est donc pas perdu ! (Ô humour destructeur) Il est pertinent d'observer que Tintin est moins intéressé à imposer les codes de la société occidentale,

dont il serait le porte-étendard, qu'à propager une sorte d'idéal scientifique extranational. Il ébranle ainsi toute la structure sociale d'un peuple en débusquant tel ou tel mythe autour duquel elle s'est organisée. Comme par exemple avec l'éclipse "provoquée" dans *Le Temple du Soleil*. Ben les voila copains comme cochons maintenant, sur le point d'attaquer les fromages. Azra et moi on se régale. Sûr que lorsqu'on l'aura occis, notre expert, on va se regarder çà en boucle genre *Tourville* sur L'Ile verte. D'une île à l'autre rien que de très normal...

– D'où, crachote Sterckx en aspergeant son vis-à vis d'esquilles enzymeuses de roquefort, un "Tintin sacrilège", si vous me passez la formule, pour une fois à contre-courant du sens commun et de la représentation lisse qu'on se fait du reporter à la houppette.

– Il est vrai, observe Azra qui ne perd pas une once du houleux débat qu'elle enregistre sur son PDa pour les archives du K.O.C et qui permet à notre collègue de reprendre des forces pour le final de cette *battle royale* tintinesque, qu'on ne peut pas accuser Tintin de jouer au touriste et de se promener chez les «autres» en maintenant la distance. Ni exilé ni assimilé, il intervient, il agit. Ensuite, il quitte. Il adopte la tenue locale uniquement pour les besoins de son action. Quelques touches lui suffisent. Pour le reste, tout le monde parle français, c'est pratique ! Tintin est bien dans cette optique un héritier kantien du Siècle des Lumières pour lequel le beau, le vrai et le bien sont des vérités universelles, c'est-à-dire des universalités distribuées par l'Occident à tous les peuples de la Terre...

– Tout à fait, approuve Stercks, réjoui de ce soutien – tardif – du sexe faible. Je vais jusqu'à dire que Tintin cherche dans les étendues désertiques de sable, d'eau ou de neige des occasions d'éliminer sa propre culture. De se déterritorialiser totalement, se volatiliser comme sujet bien élevé, bien-pensant... Le désert, c'est l'impénétrabilité de l'autre ; le lieu par excellence de l'expulsion, de l'échappement vers le vide.

« Ainsi, je soutiens, pérore-t-il un œil sur Azra l'autre sur la bombe glacée qu'apporte la propriétaire des lieux plus attentive aux saletés dans sa cuisine causées par notre arrivée qu'au devenir du grand T.n.T, que le décodage des cultures planétaires auquel se livre notre héros n'est pas aussi innocent ni généreux qu'on le voudrait. Si Tintin ne détruit pas le monde des arumbayas, du Yéti, ou des Incas, il les laisse en quelque sorte désarmés. Le « Tout est bien qui finit bien » de Tintin équivaut à la mise à plat des mythes, on pourrait même dire : leur épitaphe…

Regonflé à bloc, JC est sur les *starting blocks*. Une lampée de colonel et le voici derechef dans l'arène.
– Sauf votre respect, j'attire votre attention sur le fait qu'on trouve en grande partie ces thèses dans *Les métamorphoses...* d'apostolidès... Vous avez raison, cependant, quand vous écrivez que Hergé n'est pas un homme de la désillusion et du désenchantement et qu'il s'affirme, avec Tintin comme émissaire, un héritier de la modernité esquissée par Spinoza ou Leibniz, et pleinement affirmée, un siècle plus tard, par Kant, Voltaire, Diderot. Certes, il ne croit plus à une raison théologique ou humaine susceptible de reconstruire un monde qui n'arrête pas de s'écrouler par pans divers, depuis le Baroque, jusqu'au nazisme mais, malgré cela, il croit que notre monde est capable de produire du nouveau. D'où la fascination chez Hergé pour les media de communication et de divertissement : télégraphe, radio (*Cigares, Lotus*), photographie (*Soviets, Lotus, Sceptre*), cinéma (*Congo, Lotus, Coke*), télévision (*Ile Noire, Bijoux*), vitesses d'avions et d'automobiles, rien ne lui aura échappé. Et il y a plus qu'un lien entre media, nouveautés technologiques, et "actualités". Créature événementielle, Tintin court l'événement. Son acte rituel est de dévaler les marches de l'escalier du 26 rue du Labrador en enfilant son imperméable...
« Mais s'il arpente le monde à toute vitesse ce n'est pas

seulement pour le disséquer à la lumière de la raison technique occidentale, c'est aussi, parfois, pour imposer ses propres codes aux codes sociaux qu'il rencontre. En décodant, dans le double sens de décrypter les codes et d'anéantir leurs pouvoirs, à l'instar de la psychanalyse et de l'ethnologie dont Hergé se sent proche, Tintin incarne à merveille la raison du système occidental et sa folie.
– Les grands esprits se rencontrent ! s'exclame Sterckx, en trinquant avec la coupe de JC, ce qui lui vaut d'asperger sa chemise rouge et sa veste bleu nuit à col mao de moult déchets de glace citron vert vodkaïsée.
– Vous reprendrez bien un peu de désert ? le taquine Zatopi.

Son interlocuteur ne prête pas garde au jeu de mots et tend derechef sa coupe pour qu'on la lui remplisse jusqu'à plus soif. Il est de ces convives qui sirotent leur verre de jaja jusqu'à la lie. Quoi que ce soit plus l'hallali que lui destine JC....
– Merci, mon ami. Par exemple, poursuit le volubile critique d'art, qui a quelque chose de Jean-Pierre Coffe vantant les mérites du jambon frais, on dit souvent que Tintin est avide d'actualités. Mais, vous l'aurez noté comme moi, c'est lorsqu'il marche dans la nuit, à Shanghai, ou sur une route pluvieuse, ou qu'il s'endort dans les montagnes de Syldavie, qu'il rêvasse à Moulinsart en écoutant la musique manouche, qu'il se tient au cœur de l'événement d'une façon schizoïde ! C'est lorsque Tintin cesse de rebondir d'une voiture à un train ou d'un bateau à un avion, en désobéissant à sa mission de reporter, qu'il prend le temps événementiel de palper le devenir du monde. La tête ronde de Tintin se fait alors, dans ces temps morts, indifférente au bien et au mal ...
« Permettez-moi de reprendre à mon actif mes propres mots ici : "s'il n'était qu'un petit humaniste dévoué aux bonnes causes, il y aurait longtemps qu'il nous aurait lassés en s'inscrivant dans un club où rayonnent sœur Emmanuelle et l'abbé Pierre".
Ahaha !*(Rires collectifs, feints par trois des commensaux sur*

quatre)

– Et c'est cette axiomatique, pour aller dans votre sens, je précise pour apporter ma contribution à cette bataille décisive dont nos descendants se souviendront longtemps, qui assure son succès depuis 1930, et qui n'est pas loin de le rapprocher de *Matrix* : toutes les formations sociales que les autres mondes surcodent sont décodées avec rigueur par Tintin.
– Exact ! tonne d'une voix de stentor Sterckx que la vodka achève de dégourdir – à moins qu'elle ne l'engourdisse complètement, c'est dur à dire. Voilà ce que je considère comme sa pente schizo : dans ce mouvement que je viens de décrire Tintin n'est pas seulement celui qui veut savoir, il est aussi celui qui veut demeurer dans une certaine suspension avec l'objet sur lequel il se penche. Tension qui lui confère une certaine tristesse solitaire, une opacité d'être...
« Tel est Tintin à mes yeux : visé par la loi (les Dupondt l'ont persécuté dès le début, dans *Les Cigares du Pharaon*) mais rétif à la norme. Il est impossible de coder (ou de décoder) ces innombrables moments où Tintin ne donne à voir et à entendre que sa petite bouille blanche... C'est une trop petite machine. Elle passe au travers des mailles de tous les filets de capture... Songez à cette admirable image de Tintin sortant intact de la chaîne d'usine américaine où il aurait dû être broyé en *corned-beef* (*TA*, C, 79, 54-7). Le caractère schizoïde de Tintin lui permet de résister à la continuelle excitation médiatique où il s'immerge. C'est ma thèse, je le répète !
– Admettons, admettons, le tempère JC levant les deux mains en signe d'opposition obséquieuse, ce qui laisse entendre que l'impétrant s'avoue vaincu (loin s'en faut mais il faut savoir prendre du temps au temps et nous avons un programme à mettre à exécution, au sens propre). Vous maintenez vos positions jusqu'au bout, je vois. C'est une vertu qui peut se révéler, le cas échéant, un défaut...
« Vous me faites penser au penchant de Séraphin Lampion qui,

lorsqu'il se déplace, jusqu'au grand carnaval de Tapiocapolis dans les *Picaros*, ne cherche pas l'autre mais le même.... Restons-en là si ça ne vous gêne pas, nous aurons encore l'occasion de discuter de nos divergences dans les jours à venir. »

Pierre Sterckx, rayonne, heureux d'avoir remporté la joute et d'une soirée moins catastrophique en définitive que ce qui se profilait en début de repas. Il a bien fait d'accepter le déplacement. Ce n'est pas cette bleusaille rempotant dans la philo de comptoir qui va lui faire virer sa cuti ! Comme vous voulez, jeunes gens, c'est toujours un plaisir de converser avec des esprits curieux tels que les vôtres.

Le repas est maintenant terminé. Grâce au léger mistral qui s'est levé au moment du fromage, l'étuve a laissé place à une douce soirée d'été à partager entre bons amis avant les réjouissances du lendemain.

Nous ne voulons toutefois pas attendre davantage. À situation de crise mesures exceptionnelles.

Notre expédition ayant été répétée dans ses moindres détails les jours qui ont précédé l'arrivée de Sterckx, nous proposons à notre invité une virée nocturne avant le coucher, pour un bref aperçu des lieux, sur le site de L'île noire où il est censé se rendre le lendemain. Qui ne dit mot consent, avant qu'il ait réclamé un café que nous n'avons pas, nous embarquons monsieur Sterckx dont les victuailles et l'alcool ont eu raison de la méfiance dans la 306 décapotable jaune Daytona de la mère-grand d'Azra, ce qui nous permet, dans cette belle banlieue du sud de Paris qu'est le 83, de convoyer depuis Saint-Raphaël notre hôte grassouillet cheveux et pellicules au vent le long de la côte et des corniches jusqu'à la cité balnéaire d'Agay. Avant de tourner à droite pour apercevoir le sémaphore éclairé, proéminence bunkérisée chapeautant la villa blanche de Jean d'Agay, et de descendre jusqu'à une petite marina où nous attend le bateau, un modeste POP3 bleu et blanc baptisé Cap'tain à

commandes à distance de 1977, par le bais duquel nous allons pouvoir, au rythme peinard de son moteur Yamaha de 8 chevaux et avec la bienveillance d'une lune fort claire, accoster sur L'île d'Or.
C'est parti, mon kiki !

Visite agréable sur le site et les contreforts pierreux qu'égayent ici et là quelques panneaux en carton figurant les personnages des *Aventures*... pour attirer le touriste sur un sentier tintinesque bien tristoune. Puis, ce qui devait arriver arrive : Sterckx est précipité par JC et Azra – moi je filme, je maîtrise bien les prises de vue – du haut de la tour du Dramont tête la première sur les roches rouges volcaniques des récifs de l'Estérel.
Pendant sa chute il déplace beaucoup d'air, une dernière fois, sans avoir le temps d'apercevoir, au terme de son parcours à pic – un faucon pèlerin mais vrai amateur de Tintin, vous dis-je –, les myriades de petites poissons argentés affolés se déplaçant en bancs au pied des rochers rouge-jaune et que des cars entiers de touristes viennent apprécier à grand renfort de tuba, palmes et masque de plongée.
Manquait plus au décor qu'un cétacé échoué. Le plouf ! qui retentit est bien plus impressionnant que celui de Tintin ligoté par deux gangsters et jetés dans le lac Michigan (*TA*, C, 79, 13-1) et semblable à celui de Tintin qui tient Milou dans ses bras et saute depuis un wagon fou d'un pont péruvien (*TS*, C, 79, 15-13).

Dans l'état de nature, dit Spinoza, les petits poissons sont mangés par les plus gros.
C'est ainsi.

15. Le mystère de l'avion gris

« Quel métal est liquide à la température ordinaire ? Le fer, l'or ou le mercure ? » En dessous de la question – Sciences et techniques n°13 - le professeur Calys de *L'Etoile mystérieuse* est félicité par Tintin après avoir affirmé: « Moi, Hippolyte Calys, j'ai découvert un métal nouveau, auquel je donnerai mon nom, le calystène. » [Réponse : le mercure est le seul métal qui soit liquide à la température ordinaire].
« Qu'est-ce qu'un hérétique? Un chef religieux ou quelqu'un qui soutient des idées contraires à celles enseignées par l'Eglise ? » Une grande case du *Crabe aux pinces d'Or* – Religions et légendes – 9 - affiche un Tintin étourdi tandis qu'Haddock invisible à l'image laisse entendre : « Ma bouteille, sacripant ! ... Trahison ! ... Vengeance ! ... Renégat ! ... Hérétique ! ... Esclavagiste ! ... Technocrate !... » [Réponse : Un hérétique est quelqu'un qui soutient des idées contraires à celles enseignées par l'Eglise].
« Qu'est-ce qu'une grume ? Un tronc d'arbre abattu, une branche morte ou la souche de l'arbre ? » En trois cases dynamiques, Tintin qui tire sur un câble relié à un arbre reçoit dans *L'île noire* une branche supportant un projecteur en plein sur la tempe. [Réponse : le tronc d'arbre abattu s'appelle grume].
« Qu'est-ce que la sigillographie? L'étude des sceaux, l'étude des pièces de monnaie anciennes ou l'étude des lettres de cachet émises par les rois ? » Tintin apprend le mot du professeur Halambique auquel il rapporte une serviette égarée dans *Le spectre d'Ottokar*. [Réponse : la sigillographie est l'étude des sceaux].

L'atmosphère est à la détente. Nous avons ressorti notre casier bleu ciel à fiches atlas (série de fiches imaginées par les éditions atlas dans les années 90. Elles étaient envoyées par lot de 10.

Sur chaque fiche une question était posée par Tintin ou l'un de ses amis, avec trois propositions de réponses. La réponse et l'explication étaient au verso. Les questions étaient rangées par catégories : Histoire, Géographie, Corps humain, Vie sociale, Sciences et Techniques, Médecine, etc. Poids de la boîte : 4kg - 45 €) et nous nous amusons à nous coller mutuellement en choisissant les questions les plus retorses parmi les 1800 fiches mises à notre disposition. Celui qui ne peut répondre à la colle – il faut fournir la réponse adéquate et bien entendu préciser de quel album est issu l'illustration – se voit alors apposé par les deux autres au tampon encreur sur une partie de son corps un timbre à imprimer figurant l'un des personnages des *aventures...* (nous avons au K.O.C plusieurs exemplaires du *Print'deco Tintin* des jeux Nathan qui date de 1990 – ainsi que quelques versions, grand format et poche du *Tintin et le piège du totem Dhor* de 1994 édition Nathan – il faut gagner le plus possible de totems mais éviter les combats avec le bandit Rastapopoulos. Mis en jeu à la fin de la partie, Le totem Dhor peut encore tout faire basculer...) : c'est pourquoi Azra ressemble de plus en plus à un yakusa tatoué des pieds à la tête!

Sur le mur rouge du séjour cathédrale de mon salon trône sous un éclaire-tableau très basse tension une splendide statuette en bronze, patine dorée, de Tintin scaphandrier d'après *Le Trésor de Rackham le Rouge* (hauteur 32 cm). a ses côtés, une deuxième statuette représente Milou avec les pattes avant posées sur le coffre au trésor (hauteur 11 cm). D'un poids d'environ trois kilos les deux statuettes proviennent d'un tirage limité volontairement à 25 exemplaires pour préserver la rareté de l'objet, signé "a". Celles-ci portent le numéro XII gravé sur leur socle (800 €).
Tout autour j'ai essaimé ma collection des voitures des *aventures...* – 52 modèles – éditées par les éditions atlas (940 €) D'autres pièces de choix sont mises en regard au milieu des livres de l'immense bibliothèque qui occupe tout le pan de mur

opposé sur plus de 8 mètres de hauteur. JC bave sur le char lunaire Tintin (1ère version) complet – le véhicule et en très bon état avec radar et 3 bulles (780 €) – de même que sur l'automitrailleuse (1ère version complète) (numéro de l'objet : 170007304875) – le véhicule est en très bon état avec un léger défaut au cuir de la lunette arrière et la base de la tige du drapeau qui comporte un peu de rouille (955 €).

Azra qui tient dans la main *Moscou sans voiles* (9 ans de travail « au pays des Soviets ») de Joseph Douillet édité chez Spes en 1928 – édition originale en tirage de tête sur beau papier (Madagascar), exemplaire n°1 avec une double dédicace de l'auteur en français et en russe (35 €) est plus motivée par les tennis Tintin coloris bleu jaune rouge neuve sans étiquette avec scratch sur le dessus chinées pour 7 € aux puces de Vanves.

Nous ne sommes plus très concentrés sur le jeu car l'alcool fait sentir son effet sur nos esprits fatigués. Des bouteilles éparpillées sur la table industrielle à roulettes signalent que la soirée a été bien arrosée aux dépens, *horresco referens*, du grand tapis rouge Tintin axis lotus bleu, le plus rare avec le dragon (100 % laine, 165 cm sur 230 cm) coté à plus de 1000 € chez Tajan (ou à l'hôtel des ventes Drouot) où la moindre éclaboussure me coûte une petite fortune au pressing – d'ici je vois même que deux verres ont été posés à côté des dessous de verre Esso Tintin (le Lombard, 1986 – 11 €) : Premières côtes de Blaye, 1983, avec étiquette signée Hergé de la cuvée spéciale du CNR imprimée en Belgique pour le club nautique retzois à l'occasion de son 20ème anniversaire (100 €) ; en rouge bouteille de Le Moulinsart (« cuvée privée du capitaine Haddock », depuis 1929, avec le château éponyme sur l'étiquette et éditée pour le 75ème anniversaire de Tintin et Milou (44 €). Enfin une magnifique bouteille de champagne Tintin produite par Brochet-Hervieux, premier cru digne des plus grandes salles de vente, cuvée 52 spécialement conçue pour la sortie de *On a marché sur la lune* ! (Le champagne Brochet-Hervieux était le champagne préféré et apprécié d'Hergé et c'est en son honneur que fut faite la cuvée 52 !) Celle-ci porte le n° 0046 -171 €). Je suggère à mes compagnons une partie de *Tintin au Tibet / Kuifje in Tibet* (1997, CD pour Windows 95 ou Dos – 7 €) : comme dans le récit hergéen, Tintin en vacances en Suisse avec le capitaine Haddock, apprend qu'un avion de la ligne Patna-Katmandou a été pris dans une tempête et s'est écrasé dans un massif. Peu après, une lettre de son ami Tchang l'informe de sa venue en Europe. Tintin pense qu'il est au nombre des victimes. Le voici bientôt en route pour porter secours à son ami. Le joueur doit faire preuve d'audace et d'habileté pour surmonter les innombrables pièges de l'Himalaya (descentes vertigineuses, parois escarpées, crevasses enneigées...), réussir sa mission et éviter les pièges tendus par ses ennemis. Mais le cœur n'y est pas. Jouer sur Playstation 1 ou 2 avec Tintin et Milou en 3 D et vibrations, voyager à travers le monde en passant par la lune, conduire des engins insolites comme le char lunaire ou le sous-marin, affronter des ennemis tels que Rastapopulos dans *Tintin Objectif aventure* (5 €) ne les séduit pas plus. Il faut dire qu'ils n'ont plus trois ans. Ne les tente pas du tout également notre Jeu de l'oie Tintin et Milou (jeu offert vers 1955 par les chèques Tintin : plateau illustré en couleurs de 63 dessins représentant des héros du journal. Carton toilé gris-vert avec effigie du timbre - 90 €). Ils préfèrent bouquiner un peu. La bibliothèque est là pour ça.

Nos libations font que j'ai du mal à fixer le théâtre de marionnettes à doigts Tintin (Moulinsart n°: 6066919093, hauteur 40 cm, largeur 60 cm) - 27 €. Les figurines de 10 cm qui pendent sur le rebord extérieur m'apparaissent soudain douées d'une vie propre, nous scrutant comme si elles nous jugeaient à la façon des criminels réunis de *M le maudit* tançant le pauvre Peter Lorre pour avoir sifflé le *Peer Gynt* de Grieg. Idem avec le lot de figurines Esso, Tintin, Dupont, Milou, Castafiore et Milou (8 € la pièce) posées sur le manteau de la cheminée blanche. C'est un complot !

Quand nous sommes raides foncedés il nous arrive de malmener une ancienne boite *Mako collection Tintin* (7,50 €) afin de construire, à l'encontre de nos vertiges éthyliques piséens, une figurine Tintin en plâtre grâce au moule et au plâtre fourni. Gagne le concours celui qui parvient avec plâtre Mako, pinceau, lime et paille pour enlever les bulles d'air, à obtenir une figurine de Tintin de 20 cm de haut relativement acceptable, *id est* reconnaissable ! Mais là je ne retrouve pas la boîte dans le fatras du placard de la chambre d'amis en annexe de la cuisine.

Les bols Tintin *Les 7 boules de cristal* (Moulinsart, 1998) avec à l'extérieur du bol Haddock, Tintin et Milou puis, à l'intérieur, La Castafiore (7 € pièce) sont vides des gâteaux apéritifs et de la tortilla qu'ils contenaient. Ce serait dommage de rester sur une impression d'orgie romaine avortée alors je sors le grand jeu, malgré l'heure tardive que nous renvoie l'horloge murale *Tintin au pays des Soviets* de la cuisine (diamètre 17 cm, matière plastique et finition alu, eBay – 10 €). Il y a un grand écran amovible dans le salon qui permet la projection de DVD à partir d'un rétroprojecteur connecté à l'ordinateur mais on peut aussi s'en servir pour la projection de vieux films en 35 mm.
Et j'ai l'extrême plaisir d'annoncer à Azra et JC, tout décontenancés de cet honneur, qu'ils vont assister, une fois qu'ils auront pris place dans la rangée des 3 fauteuils de cinéma seventies orange ramenés d'aix-en-Provence, à *Tintin. Le mystère de l'avion gris* (concept de *L'ile noire*, 1938) ! Soit 18 bobines de films fixes 35 mm pour projecteur (type Babystat) utilisé dans les écoles ! Sur les 18 films, quelques dents manquent sur l'un au début (visible sur l'annonce) et deux autres ont une dent un peu abîmée : ces films ont servi à l'époque et sont encore en état d'usage, mais cela leur donne encore plus de charme, comme lorsque nous écoutons sur mon phonographe à manivelle La voix de son maître des disques 33 ou 78 tours dédiés à *La toison d'or* où Chantal Goya chante dans son beau livre-disque 33 T de 1981 « Comme Tintin » (5 €). Surtout il

n'en manque aucun, la série est complète. (D'après l'ouvrage *Tintin et moi* la société Les Beaux Films a effectivement édité *L'avion gris* (vingt films en couleurs, 1947) : cet éditeur a commencé en 1946. Sans doute que la série que j'ai acquise sur eBay est antérieure à 1947. À signaler : la société Cœurs vaillants a aussi édité quelques films fixes à tirage limité en 1935 -37 et 39). Azra et JC sont aux anges.

Nous fermons les volets électriques et goûtons à ce gris rocailleux, entre nuit et brouillard, qui nous envahit à pas d'heure à Mézy.

16. Objectif thunes

« Au bureau, êtes-vous plutôt Tintin, Milou ou Haddock ? Entrez dans le royaume d'Hergé... »

Pour son plus grand malheur j'ai rencontré Renée Rivest à Beaubourg lors de l'exposition Hergé. au café du premier étage, engoncée dans une banquette rouge vif elle expliquait, dissimulée derrière un grand verre de Coca-Cola citron à quelques curieux assoiffés une méthode québécoise qui analyse nos comportements professionnels à la lumière des personnages d'Hergé. But affiché de cette collusion forcée entre Tintin et le monde de l'entreprise ? : renforcer la cohésion et l'efficacité des équipes.

Une grande affiche questionnait crûment, au-dessus de sa tête : "Au bureau, êtes-vous plutôt Tintin, Milou ou Haddock ?"

Pour l'avoir écoutée quelques instants, juste avant de la précipiter sous les grosses roues crantées opportunes d'un Range Rover surélevé gris anthracite qui en a fait de la bouillie sur toute la moitié de la rue Réaumur, retapissant de fragments collatéraux purpurins les étals de quelques primeurs adjacents, j'ai saisi que l'arnaque portait sur les binômes qui fonctionnent, et les personnalités qui s'affrontent. Belle image, au moment de l'impact, tandis que les pneus du Range crissaient à mort – on les comprend - pendant la légère embardée du conducteur façon Wagner à la rescousse de la fusée lunaire (*OML*, C, 79, 59-11), son corps a volé dans les airs en traçant un arc de cercle majestueux, à la manière de Tintin éjecté d'une ambulance (*LCP*, C, 79, 50-4) ou d'une voiture gouvernementale du San Theodoros (*OC*, C, 79, 41-13).

La méthode de Rivest suppose le passage de tests, par exemple : "Quel est votre personnage dominant ?" Ou encore : "au bureau, qui, parmi vos collaborateurs et collègues, pourrait être Tintin,

Milou, Haddock, Dupond et Dupont ou Tournesol ?"

Vous croyez être dans une farce bouffonne ou un mauvais roman mais ces questions sont loin d'être fantaisistes: elles visent à optimiser les relations au sein de l'entreprise. Je n'en crois pas mes oreilles, esbaudi de tant d'audace sacrilège. Et Renée Rivest d'exposer crânement au parterre d'abrutis qui boivent ses paroles une méthode de formation qui utilise le monde d'Hergé comme outil de management !
« En fonction de leur dominance, les membres d'une équipe ont plus ou moins d'affinités ou de difficultés à travailler ensemble. Forte de cette observation, j'ai fondé la méthodologie ReGain MC au Québec, qui a déjà séduit plus de 80 000 personnes en Europe et ailleurs. Distribuée pour l'heure via Gereso, je travaille à un développement du projet en France auprès des entreprises partenariales intéressées..."
« Ma formation permet en effet aux participants d'apprendre à travailler ensemble, en contribuant, chacun à sa manière, selon ses valeurs et dans le respect des différences d'autrui, au projet de l'entreprise. La méthode répond aux besoins de l'époque : a l'heure de la performance, de l'interchangeabilité des salariés, les gens ont envie de contribuer à leur façon à l'entreprise, en montrant leur propre personnalité, souvent riche et multiple. Du coup, ils cherchent un modèle positif de collaboration. »

Je ne pipe mot, détruit par l'insondable perspective que cette créature blonde platine maléfique fait planer sur le suprême T.n.T, tel un V2 sur l'angleterre de Churchill. Une bonimenteuse de foire foraine pourrait me faire pire effet.
Un monstre.
Cette femme est un monstre.
Et elle est dangereuse.

« Ainsi, lors des formations, nous découvrons que nous avons tous en nous un peu des cinq personnages, qui se manifestent au

gré des situations de la journée, des événements, des changements, des interlocuteurs. C'est ce qui, dans mon programme, a attiré l'attention de Pierre Leroutier, président de Gereso, organisme de formation, conseil et édition qui propose la méthode ReGain MC en France. Le profil idéal du manager ? me demanderez-vous. Il n'existe pas. Le patron est quelqu'un de mature, qui sait s'entourer et manager ses équipes. Même s'il est vrai que l'on retrouve beaucoup de Tintin ascendant Milou, ajoute Renée Rivest. Il faut que les décideurs de demain écrivent au quotidien et en réel Tintin au pays de l'entreprise ! »
Je m'interroge : que fait cette péronnelle-maquerelle de la position psychologique même d'Hergé affirmant à la fin de sa vie : " Tintin, c'est moi quand j'ai envie d'être parfait, Haddock c'est moi avec toutes mes faiblesses et les Dupondt c'est moi quand je suis bête..." ?
Les badauds amusés applaudissent ; des quidams exaltés quémandent des brochures, l'adresse d'un site Internet. Deux messieurs très sérieux et propres sur eux – ils ne leur manquent que les souliers cloutés et le melon- se rapprochent même de la malotrue pour laisser leurs cartes de visite.
Je vois tout cela en temps réel. Même pas une *Near Death Experiment*.

Je vais me la faire. C'est on ne peut plus clair.
Inéluctable. Inévitable. Souhaitable. Nécessaire.
Urgent.

Soudain mes mains sont toutes moites, j'ai toutes les difficultés du monde à réprimer un hoquet irrépressible. De nouveau, un voile rouge s'abat sur mes pupilles.
Roquentin hergéen, la nausée me submerge.
Tintin, Milou, Capitaine Haddock, Professeur Tournesol, Dupondet Dupont.
Tintin Milou Capitaine Haddock Professeur Tournesol Dupond et Dupont.

TintinMilouCapitaineHaddockProfesseurTournesolDupondet Dupont.

...TintinMilouCapitaineHaddockProfesseurTournesolDupondet DupontTintinMilouCapitaineHaddockProfesseurTournesolDupondetDupontTintinMilouCapitaineHaddockProfesseurTournesolDupondetDupontTintinMilouCapitaineHaddockProfesseurTournesolDupondetDupontTintinMilouCapitaineHaddockProfesseurTournesolDupondet Dupont...

Ces noms tournent dans ma tête, s'enquillent, s'enculent et s'enkystent dans mon cerveau, y creusant de profonds sillons indélébiles que je ne puis extirper qu'avec une perceuse munie d'une mèche de 10, comme Max, le mathématicien contrarié du *Pi* de Darren Aronofsky.
Ces noms me rendent fou.
Ces fous me rendent NON.

Alors je sors reprendre mon souffle en bas du musée, traînant avec moi mon sac à bandoulière réglable et fermeture Velcro Tintin Grand Voyageur Moto en simili cuir (hauteur +/- 35cm Largeur +/- 25cm (eBay, 15 €). Ironie du sort, tout à mon émotion je manque être renversé par un cycliste en Vélib' qui roule dans l'espace dévolu au bus depuis Delanoë.
J'allume un Moods filtre pour calmer l'adrénaline qui déferle par vagues successives dans mon corps.
Tsunami hergéen.
Pas de soutane à la K.O.C, pas d'Azra et de JC. Tant pis. Inutile de leur en parler d'ailleurs — Papy Boyington de l'improbable j'ajouterai en catimini un Zéro sur la carlingue de mon zinc de Tête brûlée.
Ite missa est.

Un temps interminable que voilent, prolongement surréaliste de la lourde fumée bleutée de mon cigarillo diffractée sur les toits

haussmanniens, de sombres nuages dans le ciel.
Et puis.
Et puis elle sort.

Erratum
Il est revenu !

« **B**ernard Defrance – Très grand merci, Michel Serres, pour ce temps… Mais une toute dernière question, une remarque plutôt : un " tintinologue " aussi averti que vous ! Le chevalier de Hadoque : " …mort en l'île et statufié ", statufié oui, mais il n'est pas mort en l'île!
Michel Serres – Eh non ! c'est vrai !
B.D. – Il est revenu !
M.S. – Oh mon dieu !
B.D. – Il a rapporté le trésor de Rackam le Rouge qui est retrouvé dans la crypte à Moulinsart…
M.S. – Mais oui !
B.D. – … au pied, justement, de la statue de St-Jean l'Évangéliste !
M.S. – Oh mon dieu ! Quelle page ? Il est mort… il est mort…
B.D. – À Moulinsart, où il a écrit ses Mémoires. Page 160.
M.S. – Le fétiche était dans l'île, et le trésor au pied de la statue dans la crypte ! Page 160, bien, je téléphone à l'éditeur ! Vous êtes aussi " tintinologue " ?
B.D. – Tout à fait oui, grand amateur en tout cas…
M.S. – Vous savez que j'étais très ami avec Hergé…

(Et les souvenirs de l'amitié de Michel Serres et d'Hergé n'ont pas été enregistrés. La réédition de *Statues* dans la collection Champs de Flammarion a été corrigée…) »

Conversation avec Michel Serres, Vincennes, 16 février 1988
Paru dans les *Cahiers Pédagogiques*, du n° 264-265 au n° 270, mai-juin 1988 à janvier 1989.

17. La Castafiore en est un !

Après ses différents essais, qui avaient notre faveur, sur la Tintinolâtrie, Haddock, Tournesol puis les Dupondt, Albert Algoud a commis un crime de lèse-majesté en osant désacraliser une des seules figures féminine des *aventures...* avec *La Castafiore, biographie non autorisée*. Lui dont on pensait au K.O.C qu'il était, contre toute attente, un des gardiens du temple hergéen, comme nous, a cette fois-ci poussé le bouchon un peu trop loin.

Nous nous demandions comment l'aborder quand une de mes amies, Catherine Siguret, qui a écrit mains livres en tant que *ghost writer*, m'a permis de le rencontrer à l'un des nombreux dîners mondains qu'elle organise dans son grand appartement près du boulevard Saint-Germain.

Je l'ai branché dès l'apéritif sur Tintin et il n'a pu refuser, tout naturellement, de poursuivre la discussion 4 heures plus tard au café du Flore, juste en face de l'appart, où j'avais demandé à JC et Azra de nous rejoindre. Le débat fatidique n'aurait pas lieu, pour une fois, dans le studio de JC, non plus qu'en tenue du Khi-Oskh Club, mais il faut faire avec ce qu'on a ! "Faute de grive on mange du merle", justifie Tintin quand il doit improviser un moyen en vue d'une fin.

Autour de quelques caouas bien tassés, le bougre commence par se défendre avec un large sourire, histoire de nous mettre dans sa poche :

« – Vous savez, si je n'aimais pas Tintin (et tous les personnages qui l'entourent) je n'aurais jamais consacré un ouvrage entier à la Castafiore...

Azra se fend d'un sourire encore plus grand, ce qui ne l'empêche pas de le couper aussi sec (vu le prix du petit noir en ce lieu huppé, elle ne doit pas avoir envie de s'éterniser et de payer le prix d'une cafetière italienne au Bon Marché juste pour faire

plaisir au sieur Algoud – quelle radasse celle-là !)
– C'est tout de même un "amour " que tout le monde ne vous reconnaît pas puisque, si je ne me trompe pas, vous vous êtes fait souffler dans les bronches, pardon de l'expression, par la fondation Hergé qui n'a autorisé aucune illustration à votre éditeur...
– Oh, vous y allez fort, et puis j'ai l'habitude, ça se passe comme ça avec eux chaque fois qu'un de mes bouquins sur la thématique paraît ! Après tout qu'ai-je fait de si grave ? J'ai pris la vie de la Castafiore, telle qu'Hergé l'avait racontée dans ses albums, et j'ai comblé les blancs, grâce à ma connaissance de l'auteur et de son travail. En rajoutant ma touche d'humour personnelle. Vous n'allez pas me pendre pour ça, si ? demande le quinqua dont les cheveux gris flamboient sous les lustres du Flore.
(À vrai dire, le pendre non, il n'y a guère de pendaison dans les A*ventures...* mais on trouvera bien un autre supplice adéquat s'il le faut, pas d'inquiétude).
– Reconnaissez, intervint JC avec ses valises sous les yeux, que prendre un personnage exubérant et pas toujours sympathique pour en faire une « femme » bien vivante et ayant participé à la vie du siècle n'est pas dérangeant en soi. Ce qui l'est plus, c'est que, pour ce faire, vous mélangez le réel et l'imaginaire, les œuvres et les fantasmes. Bref, les faits historiques et la vie de Tintin. Si tous ceux qui sont spécialistes de Tintin s'amusent à ce jeu, il n'y aura plus de règles, plus de Loi du père qui vaille encore, vous ne pensez pas ?
– Eh bien, vous voila bien pointilleux pour des représentants de la jeune génération, s'esclaffe Algoud tout en commandant un Perrier rondelle au garçon de café qui joue, en toute mauvaise foi assumée, au garçon de café. Et puis vous dites "une femme", je serais moins catégorique que vous : pour moi, vous ne l'ignorez pas si vous m'avez lu, Bianca Castafiore est plutôt le dernier des castrats ! Dans cette biographie, je révèle tous les ingrédients de cette savoureuse vérité : les grandes prestations

vocales de la diva, ses maîtres... et même son dernier enregistrement !

À mon tour, j'essaie de lui faire prendre conscience de la gravité de son geste.
– En effet, grâce à vous on va découvrir les liens cachés entre Jacobs et la Castafiore, son rôle durant la seconde guerre mondiale, la vie réelle d'Irma, d'Igor Wagner... Mais vous vous égarez quand vous "imaginez" qu'elle aurait voulu aider Hergé à ne pas tomber dans certaines erreurs gravissimes durant l'occupation de la Belgique... Que faites-vous de tous ceux qui éprouvent une admiration fidèle pour l'univers de Hergé que vous envoyez à hue et à dia avec votre amour iconoclaste ?
– Iconoclaste, iconoclaste ! peste Algoud, courroucé par la tournure de la conversation qui ne vire pas dans le sens qu'il attendait. Je ne sais pas qui est le plus iconoclaste des deux : celui qui s'amuse à inventer une autre vie à un personnage imaginaire ou celui qui s'obstine à ne voir en elle qu'une chanteuse d'opéra qui sauve Tintin d'un mauvais pas, lequel Tintin d'ailleurs, dans *Tintin et les Picaros*, le dernier des albums achevés par le maître, franchira les océans pour la tirer des geôles d'un dictateur malsain et du maléfique Sponsz. Moi, je note que la Castafiore, qui n'était qu'un accessoire de l'histoire depuis *Le sceptre d'Ottotkar,* en est devenue le moteur, et je brode là-dessus... »
Broder. C'est le mot de trop. Décidément Algoud est un indécrottable qui n'entend rien à ce qu'on essaie de lui suggérer. Voudrait-il nous persuader que son essai est cousu de fil blanc, qu'il ne parlerait pas autrement.

Une œillade à la dérobée vers mes camarades me conforte dans cet avis. Fidèles à notre habitude, nous laissons JC appâter Algoud au moment de régler les consommations et lui proposer de venir consulter chez lui une de ses parodies luxueuses à faible tirage où une thèse similaire à celle du chroniqueur philosophe est soutenue. Il ne la connaît pas – elle a été inventée de toutes pièces, ça aide –, et accepte le rendez-vous pour dans cinq jours. Pour Albert Algoud, dont tout porte à croire qu'il a le melon, la fin sera de toute splendeur. "Lao-Tzeu l'a dit : "Il faut trouver la voie !" Moi je l'ai trouvée. Il faut donc que vous la trouviez aussi... Je vais d'abord vous couper la tête. Ensuite, vous connaîtrez la vérité." (*LB*, C, 79, 13-16).

Tel Didi Wang emporté par le Radjaïdjah, nous estimons que la décapitation est un excellent moyen – capital au sens du latin *capes* qui désigne, non un concours d'enseignement pour intégrer l'Education nationale, mais la tête – d'accès à la sagesse, quand bien même d'aucuns auraient la petitesse de la ramener à un substitut de la castration (partant du principe fallacieux – habitués à couper les cheveux en quatre ils ne manquent pas de toupet – que Tintin porte son appendice viril surtout sur sa tête, dans sa crête capillaire !)

Le poison qui sévit dans *Le Lotus bleu* vaut comme un révélateur de l'inconscient, il libère les forces libidinales de l'opposition au Père, encore retenues par les barrières de l'éducation sociale. Cet inconscient, on le voit, est nié chez Tintin, qui ne réagit pas comme Didi Wang ; mais dans le cadre des parodies abjectes, le K.O.C impose que c'est Tintin et non Hergé le Père de référence.

Raison pour laquelle, avec le recul, décapiter Albert Le Grand avec un sabre japonais acheté aux puces a été un excellent moment ; quoique JC regrette encore de ne pas avoir assez investi au préalable dans une bâche plastique suffisamment grande. Ses murs s'en souviennent encore. Ca lui fait trois parois *trash painting* à la Pollock gratos, remarquez. Après le bleu Klein, le rouge Zatopi (c'est lui qui maniait le couperet : la république des lettres tintinophiles n'a pas besoin de mécréant pirate) : un concept d'art contemporain à développer, qui sait ? Un galeriste futé pourrait l'appeler *Projection après décapitation*. C'est vendeur.

À l'enseigne de ce qu'entérine Lampion à la fin de *Coke en*

stock, j'ai adoubé la mission vengeresse de JC en me contentant de cette sentence face au regard abdallahien apeuré d'Algoud : « La dernière épreuve se déroule chez toi. » (*CS*, C, 79, 62-7).
Étant donné qu'Azra a tenu à verser son écot en le finissant à la scie, influence notable du *Père Noël est une ordure* je subodore, on ne peut pas considérer qu'elle ne s'est pas mouillée dans le marais rouge, elle non plus. Tout le monde y est allé de bon cœur – pas de marins d'eau douce au K.O.C qu'on se le dise ! – et les restes ont fini dans la forêt domaniale de Rambouillet.

À la plus grande joie des sangliers, qui ne sont pas qu'herbivores mais goûtent fort la viande faisandée ai-je lu il y a quelque temps dans *Le cri du sanglier.* A moins que ce ne soit dans *L'élégance des tortues* ou *La valse du hérisson,* j'sais plus.

18. Dé-Lire Tintin

Nous sommes convenus avec Azra et JC de mettre un terme à notre équipée chevaleresque : les macchabées ayant plu de partout depuis deux ans, il est impossible désormais d'approcher quiconque versé un tant soit peu dans la tintinophilie. On pourrait appeler ça la rançon de la gloire. Nous sommes victimes de notre succès en quelque sorte...
De toute façon, ce qui nous réunissait tend à présent à nous opposer car, à l'instar des étudiants justiciers de *L'ultime souper* de Stacy Tittle, nous ne sommes plus d'accord sur les victimes à éliminer – sans tenir compte du fait que chacun d'entre nous s'est autorisé à exécuter qui bon lui semblait quand l'occasion se manifestait. Personne n'est dupe : Michel Serres n'est pas tombé par accident le mois dernier de l'escalier de son immeuble parisien, tout comme Philippe Geluck, le dessinateur du *Chat* qui a mystérieusement disparu après avoir affirmé dans un hors-série du Figaro/Beaux-arts magazine en 2008 : « Enfant, j'étais Tintin ! » Encore heureux que personne ne se soit attaqué à Philippe Godin...

Bref, notre dernier invité au K.O.C ne pouvait être que Benoît Peeters. Approché au moment d'une séance de dédicaces pour une réédition grand format des *Cités obscures* au Salon du Livre, il a accepté, avec l'assentiment de son attachée de presse, de nous rencontrer avec nos caméras dans le petit salon de son hôtel du 6ème arrondissement, en face du café des Editeurs.
Azra filmait et c'est moi qui ai conduit l'entretien pendant une petite demi-heure.
« – Quelle idée a bien pu vous pousser à vous attaquer en 2002, après Assouline, à la biographie du papa du célèbre reporter en culottes courtes ?
– Oui, le défi était de taille, soupire Peeters, la chevelure noire en bataille et la moue dubitative : je connaissais déjà bien

l'œuvre – j'en ai analysé les fondements dans *Le Monde d'Hergé* chez Casterman en 1983 – et je voulais m'intéresser de près, à partir de nouvelles sources (la correspondance avec sa première femme et son premier secrétaire) à la dimension psychologique du personnage et à sa contribution à l'élaboration des codes de la bande dessinée plutôt qu'à la période sombre de la collaboration.
« Peu à peu le long des 500 pages s'est alors dégagé le portrait d'un homme pétri d'idéal, mais nourri de contradictions, d'un créateur en prise avec le monde, mais quittant rarement l'Europe, d'un « fils de Tintin » souvent écrasé par ce modèle inaccessible qu'il avait lui-même imaginé et qu'il lui fallait mettre à distance pour se réaliser pleinement...
– *Hergé fils de Tintin* montre bien que le personnage de papier qu'était Tintin a longtemps "inventé" Hergé et lui a permis de se constituer en tant que créateur certes, mais aussi comme individu. *Les Aventures...* valent ainsi comme un roman de formation où le personnage semble avoir construit son auteur. Mais vous pointez une conséquence pour le moins inattendue : l'évolution du dessinateur et scénariste aurait fini par l'éloigner de sa créature…?
– Je sais que cela peut paraître curieux et paradoxal : il est un fait établi pourtant que, dès la fin de la guerre, Hergé est fatigué de Tintin. Voilà quinze ans qu'il travaille jour et nuit sur Tintin, l'épuisement moral et physique est en train d'avoir raison de lui. Après son souhait de vouloir quitter la Belgique pour s'installer en Amérique du Sud, il alterne les dépressions et les fugues à l'étranger (notamment en Suisse). Les tensions avec l'équipe de l'hebdo Tintin se multiplient…
– Vous dites qu'Hergé s'éloigne de plus en plus de son personnage et de la bande dessinée...
– C'est le cas. Hergé apprécie les scenarii imaginaires du monde des bulles mais il se demande en vérité si la BD est capable de restituer la vie intérieure. Il commence de lui préférer nettement la philosophie orientale et la peinture.
D'ailleurs, ainsi qu'il l'écrit à Marcel Dehaye, il a songé à arrêter

Tintin dès les années 40 !
— Vous soutenez donc que Hergé a de mauvais côtés, qu'il est prêt à sacrifier l'existence de Tintin au profit de la recherche d'une vérité personnelle ?
Du fond de son fauteuil crapaud il me fusille de son noir regard.
— Au risque de vous chagriner, tous les témoignages que j'ai recueillis vont en ce sens : au fil du temps, Hergé apparaît incapable de prendre une décision, et il est de plus en plus dur avec les autres. Nous savons que, porté par son ambition et par son milieu d'origine (la droite catholique), il n'a pas toujours fait les bons choix du point de vue de son histoire personnelle, n'étant après tout qu'un individu comme les autres. Mais au-delà de cette pente obscure, il me semble que je montre surtout l'ampleur de son talent, son art à composer ce qui deviendra les codes narratifs propres à la bande dessinée, en particulier la narration séquentielle dans l'histoire du 9e art.
— Cela ne vous empêche pas de mettre en exergue qu'Hergé ne réalisait pas seuls ses albums ! N'est-ce pas excessif quand on parle rien moins que du père de la bande dessinée moderne en Europe ? N'aurait-il pas mieux valu insister sur la poétique d'Hergé, sur sa volonté de définir une bande dessinée de qualité en tant qu'écho direct de la réalité, aussi bien dans la représentation graphique du monde que dans le choix des sujets?
— Mille excuses pour avoir égratigné la statue du Commandeur ! se défend Peeters en levant les mains au-dessus de sa tête, Piéta de salon.

Il ajoute aussi sec, histoire d'indiquer qui est le boss ici :

« Diantre, un peu de charité herméneutique s'il vous plaît ! (les rides de son front se plissent encore davantage comme pour fuir le crâne qui les retient). J'espère que vous ne faites pas partie de ces journalistes ou critiques littéraires qui se croient l'auteur du livre qu'ils doivent présenter, oubliant qu'ils ne font que *lire* – pas toujours bien qui plus est – ce qu'un autre a sué sang et eau à *composer*, hum.... Dans ce que vous venez de souligner tient

sans doute en grande partie toute la modernité des aventures de Tintin, je partage tout à fait cette conception. Néanmoins, je rappelle avec justice ce que savent tous les tintinophiles : Hergé, pour se concentrer sur la qualité du scénario, a rapidement abandonné le dessin et les recherches documentaires réalistes qui abondent dans ses albums pour les déléguer à une fine équipe (Bob de Moor, Edgar Pierre Jacobs, Jacques Martin etc.). De même y a-t-il eu des "scénaristes de l'ombre" qui ont aidé le père de Tintin pour plusieurs de ses histoires (je songe par exemple à l'apport incontestable à Tintin de Jacques Van Melkebek souvent cité).
– Tout de même, vous m'accorderez que faire de Hergé un homme sous l'influence de ceux qu'il admire ne le grandit pas de façon démesurée : qu'il ait été soumis aux directives de l'abbé Wallez, passe encore, mais le ramener au rang d'un réceptacle pâlot de personnes telles que Philippe Gérard, son ami d'enfance, le rédacteur en chef du Soir volé, de Raymond De Becker (un ami également depuis les années 30), de l'inévitable Tchang Tchong Jen ou de Germaine Kieckens, sa première épouse (qu'il aimait appeler « Hergée »), c'est pas terrible !
– Ah ? Est-ce si gênant que ça en définitive ? je ne sais pas... Et puis rassurez-vous, sans être idolâtre, je ne suis pas un iconoclaste pour autant : j'ai interviewé plusieurs fois Hergé entre avril 1977 et décembre 1982 et cela fait 25 ans que je réfléchis sur son œuvre : l'édition intégrale de l'œuvre (*L'Univers d'Hergé*, chez Rombaldi en 1988), l'analyse des *Bijoux de la Castafiore* (*Les Bijoux ravis*, chez Magic-Strip en 1984) et plusieurs documentaires pour la R.T.B.F. et Arte m'ont aidé à bien comprendre de quoi il retournait, je pense... J'ai justement voulu écrire « Hergé fils de Tintin » pour enfin *comprendre*, au sens étymologique, Hergé – son parcours de créateur – et non pas seulement verser dans l'hagiographie ou le règlement de compte.
– Oui, oui, acquiescé-je en souriant jaune sous le regard d'une Azra dépitée par la péroraison de Peeters qui s'écoute beaucoup

parler, comme Pierre Stercks ou Jean-Luc Marion (un défaut des tintinomanes peut-être ?) Nul ne contestera votre importance et votre compétence dans le commentaire éclairé de l'œuvre d'Hergé, c'est clair ! Reste que, lorsqu'on referme votre biographie, on est bien loin de l'image lisse et policée que Hergé donnait de lui-même en public !
— Une image un peu fade, vous voulez dire (celle d'« un pommier qui fait ses pommes », pour reprendre sa formule), qui correspond peut-être à ce que Hergé avait souhaité mais pas à la vérité de cet homme...
— Vous voyez la vérité où vous voulez bien qu'elle soit. Je n'adhère pas, pour ma part, à l'idée qu'exposer les mésententes des bureaux de l'avenue Louise et les rivalités entre collaborateurs (entre Baudoin Van den Branden de Reeth et Jacques Martin, entre Josette Baujot et Fanny Vlamynck – future nouvelle épouse –, par exemple) aide à « comprendre » quoi que ce soit de la création d'Hergé ! Pas plus que transformer ce dernier en patron de petite entreprise. Et je ne parlerai pas ici des adultères réguliers d'Hergé à partir de la fin des années 40...
— N'instruisez pas à charge ! Ces épisodes intimes de la vie de Georges Remi, comme ses origines mystérieuses ou ses blessures d'enfance, ne sont évoqués qu'avec tact, à partir de citations de documents privés (vous les avez désignés tout à l'heure : la correspondance d'Hergé avec son secrétaire Marcel Dehaye, mais aussi les carnets intimes de son épouse Germaine). Je ne verse à aucun moment dans le contenu *people* à la Voici, il ne faut pas exagérer !
— Parfait, alors restons en là, et merci d'avoir répondu à mes questions. »

Nous nous levons des petits fauteuils clubs noirs pour finir tranquillement notre tasse de thé. Je profite de cette accalmie pour user de ma botte secrète : inviter Peeters à une émission deux fois plus longue, enregistrée sur L'Ile verte, qui se voudrait une rétrospective de son œuvre, l'invité étant convoyé à l'aller et au retour par la production.

Il ne résiste pas à la tentation et accepte de venir, beau comme un camion, évoquer son travail un mois et demi plus tard.

Ce qui suit n'est peut-être pas le plus intéressant ; nous sommes allés chercher Peeters avec mon bateau à son arrivée en début de soirée pour lui faire traverser la Seine et l'amener jusqu'au ponton privatif sur lequel donne le jardin arrière de la maison, sans que le passeur officiel qui joue au Charon local pour les sociétaires alentour venant se reposer en villégiature ne l'aperçoive.

Sitôt gravi l'escalier aux larges degrés qui mène à la grande véranda tout en bois, Azra et JC ont fait irruption en tenue de K.O.C devant un Peeters estomaqué, qui ne savait s'il avait affaire à des plaisantins ou à des fous à lier. Il n'a pas refusé, cela étant, leur invitation à les rejoindre dans le salon pour regarder sur l'écran de projection sa prestation filmée par Azra quelques semaines plus tôt. Revenu de mes préparatifs dans l'immense cave, je leur ai demandé de me suivre tous trois sous prétexte de leur montrer un élément du grand T.n.T. que personne n'avait jamais vu de son vivant. La chose avait la forme d'un vaste baquet en bois d'un mètre cinquante de haut à peu près (en fait une piscine de jardin aménagée par mes soins), à l'intérieur on entendait bouillonner une masse visqueuse blanche sans qu'une odeur particulière s'en détachât. Une passerelle à mi-cuisse permettait de dominer toute la structure.

« Regardez, c'est dedans, ai-je laissé tomber. Hergé n'aurait pas fait mieux je crois.... »

C'est comme il se penchait pour regarder ce que pouvait bien recouvrir le grumeau blanchâtre que j'ai cueilli Benoît Peeters au niveau de l'oreille droite. Mon mouvement a été si violent que, dans son élan, la masse a continué sur sa trajectoire en arc de cercle pour lui fracasser le haut de l'épaule opposée. Transformé en fétiche arumbaya il a basculé sans un mot dans l'inquiétant jacuzzi, un peu comme Tintin précipité tête en avant par Tom Hawake dans le broyeur à *corned-beef* dans Tintin en Amérique (*TA*, C, 79, 53-10). Dans *L'Alph-Art*, dernier opus inachevé d'Hergé, Tintin est destiné par l'artiste Endaddine à être coulé dans le polyester liquide d'une expansion de César qui doit ensuite entrer au musée. « Réjouissez-vous, dit Endaddine au reporter, votre cadavre figurera dans un musée. » (*TAA*, C, 2004, 40-4) Hergé, lucide, qui dénonce le subterfuge factice de l'artiste snob Ramo Nash faisant des initiales de l'alphabet des œuvres d'art en plexiglas (d'où le titre l'Alph-Art), voit selon Bonfand son héros devenir une valeur comme de nombreuses œuvres d'art. Gloire sombre, posture nietzschéenne nihiliste de la dévalorisation des plus hautes valeurs, récupérée par le marché (de l'art et de l'économie en général) qui fait qu'on peut connaître Tintin sans avoir lu ses aventures...

La plupart des commentateurs qui se penchent sur le berceau de Tintin ne cessent de participer à la curée et d'amoindrir la seule valeur qui est sienne : le (sa-)voir vivant quand il bondit de case en case au fil des pages d'un album d'Hergé.
Point barre.

Il fallait au moins une fin mimétique à la *Copycat* pour le sieur Peeters, qui s'est tant imprégné de la vie d'Hergé ; je me suis donc appliqué à construire cette solution de polyester liquide, dont les composants ont été ramenés du chantier de construction navale Jeantot qui se trouve sur le port de plaisance des Sables d'Olonne, où vivent depuis longtemps mes parents (j'ai expliqué au chef du chantier que je voulais refaire la coque d'une barque Rocca datant de 1954). Un exquis et suave suaire qui fait de la mort une œuvre d'art, ceci n'aurait point déplu à un Malraux ! Alors voilà.

J'imagine aisément ce que vous allez dire : c'était une pulsion

coupable, un instinct meurtrier qui devait être assouvi jusqu'au bout, etc.
Toujours est-il qu'après avoir coulé Peeters dans la cuve de polyester liquide installée dans les fondations de ma demeure insulaire, j'y ai aussi poussé Azraëlle et JC.
Quand y a pour un y a pour trois.

La masse a frappé à deux reprises, balafre souterraine et trait sec cisaillant l'air.
La demoiselle Robert et l'illustre Zatopi qui mataient la main figée de Peeters tendue vers eux tel ce qui reste de la Statue de la liberté dans *La planète des singes* n'ont rien vu venir. Ils ont chu enlacés dans la glu immaculée à l'enseigne des deux malfrats de la fin de *L'Oreille cassée* emportés par le diamant de la convoitise (*OC*, C, 79, 61-14).
Azra et JC étaient las, ils ne voulaient plus poursuivre notre lutte. La veille encore ils m'avaient reproché d'avoir fermé son clapet à la Rivest en utilisant un mode d'exécution non répertorié dans les livres du suprême T.n.T. Comme si le flacon l'emportait sur l'ivresse, je me gausse !
J'ai donc dû mettre un terme à leurs velléités contestataires.

Car je rappelle le règlement du Khi-Oskh Club :
Règle 3 – Si quelqu'un dit stop ou s'évanouit, le combat continue
Règle 7 – Le combat dure aussi longtemps qu'il doit durer
Règle 9 – Qui trahit est immédiatement puni
Dont acte.

Il me reste de la place dans la mezzanine qui me sert de bureau et où sont pendus mes tableaux et lithographies de maîtres. Ces trois statues y seront très bien, en clin d'œil aux Parques de la Destinée.
Pas de témoins, pas de traces.
Non ?

19. Chute ontologique

Écrite par Tiziano Sclavi et dessinée par attillo Micheluzzi, la série italienne *Roy Mann* a pour protagoniste un auteur de BD qui détient le pouvoir de s'introduire lui-même dans les histoires qu'il dessine pour le *comic book* "Histoires incroyables", et d'y participer à l'action aux côtés de ses personnages. Ce même principe repris par Jasper Fforde dans *L'affaire Jane Eyre* et sa fameuse police de la "Jurifiction"...

Dans sa contribution au numéro de *[A Suivre]* publié en hommage posthume à Hergé, François Boucq proposait cette idée forte : représenté chez lui, Tintin réalise que, son créateur ayant disparu, il devra désormais vivre seul. A peine met-il le pied dans la rue qu'il se fait renverser par une voiture. Sans son père spirituel, Tintin doit bel et bien renoncer à vivre. Aucun autre dessinateur ne pourrait le ressusciter... Comme pour en fournir la preuve, le graphisme de la séquence, d'abord conforme au style habituel de Boucq, s'amende progressivement pour rejoindre celui d'Hergé. (Une des images de l'accident est même une citation presque littérale du *Sceptre d'Ottokar*).

La tentation de se passer du dessinateur, voire de le supplanter (révolte de la créature contre Dieu), nombre de personnages la connaissent. Pas moi ; c'est pourquoi mes deux parodies préférées sont *Objectif Monde* de Didier Savard et *T.n.T contre mister Georges* : dans le premier, Tintin est reconnu par Hergé comme son fils mais préfère vivre sa vie seul ; dans le second, là aussi honoré par son père pour diriger l'organisation de la "Ligne claire", Tintin s'en retourne à sa soif d'aventures...
L'auteur de papier de ce livre est peut-être Tintin rêvant de s'émanciper de la tutelle de Hergé. Où Hergé rêvant du fardeau pesant que représenterait l'assomption d'un personnage tel que Tintin tout au long de sa carrière. Est-ce prémonitoire ? Un

autoportrait inédit publié dans le Journal *Tintin* du 25 septembre 1947, rubrique « Ceux qui font votre journal », figure Hergé en esclave de sa créature, voûté sur un bureau qui déborde de crobars, repentirs et autres épures, un chat sur l'épaule gauche, un plume à l'encre de Chine à la main, sous l'œil sévère de Milou et de Tintin, lequel tient un fouet à nœuds à la main.

De fait, l'opposition entre l'idéal et la réalité, véhiculée par le chiasme Tintin/Milou, ne cesse de traverser l'œuvre. Chez Hergé, soutient apsotolidès, bien péremptoire sur ce point, l'idéal est premier : l'essence précède l'existence. Ce qui, foin de tout sartrianisme, tend à faire de toute existence une essence dégradée, une chute. Ainsi les personnages de Tintin chercheraient-ils tous un paradis perdu, fruit d'un monde alternatif où coexistent Bien et Mal.

Faut-il aller pour autant jusqu'à affirmer que le monde n'est pas améliorable pour Hergé, la paix demeurant relative à chaque Etat et que la seule solution pour échapper à la dégradation qu'est toute existence revient à s'enfermer chez soi et cultiver son jardin – retour aux robinsonnades précédemment évoquées ? Que la seule mission que puisse remplir le Surhomme tintinien est de ramener le monde à son « innocence primitive » ?
Pour n'avoir pas voulu en démordre, pour avoir insisté tant et plus sur la surinterprétation psychanalytique du *Crabe aux pinces d'or* (avec cette insoutenable proposition : Haddock voudrait accomplir, en confondant Tintin avec une bouteille de champagne puis de vin, une dévoration (homo)sexuelle et un viol de son compagnon ! - *CPO*, C, 79, 32-1 à 4), malgré nos remarques correctrices, ni amender son texte sur ce point, nous avons dû – j'ai failli l'oublier dans mon inventaire, excusez-m'en – nous séparer de Jean-Marie Apostolidès à qui nous avons fait subir une ultime "métamorphose" (Azra, cette conne, a perdu la retranscription de notre entretien en faisant tomber son PDA en mer lorsque nous sommes allés faire un tour de kayak Rotomod,

au large de la plage privée de La Tortue, à Saint-Raphaël, après le succès sterckxien de notre virée à L'île d'Or).
À tout seigneur tout honneur, il a été choisi par le comité du K.O.C de mettre fin aux jours d'Apostolidès à la façon de l'écrivain Zlotzky (*LCP*, C, 79, 43-4) avec trois fléchettes empoisonnées. Sans doute aucun l'idéal eût-il été lors de cette belle fin que notre bon Zatopi s'abstienne de lancer, de loin, un retentissant K.O.Corico ! mais nul n'est parfait...
Un jet de sarbacane a suffi.

L'apostat Apostolidès – il faudrait presque le rebaptiser Rastapostolidès en l'honneur du méchant de service dans les *Aventures*...– a été discrètement effacé des ardoises exégétiques et des tables rondes dans sa ville natale, par le seul souffle des aimables comploteurs que nous sommes.
Quand il s'est effondré, tel un tas de chiffons tombé d'un placard, j'ai pensé à la belle dilution du rebelle Tuttle/Buttle dans le *Brazil* de Terry Gilliam, enseveli à son insu puis asphyxié sous les tombereaux des décrets administratifs qui l'emportent dans un gigantesque vortex carboné.
Cercle et spirale.
Cristal et fumée.
Volute et arabesque.
Identité et répétition.

Le géométrisme est une des clefs des *Aventures*....
Ainsi, quand il débarque sur l'île dans *Le Trésor de Rackham le Rouge*, Haddock, en entendant les insultes que répètent sans fin les perroquets et qui sont les siennes depuis toujours, se découvre le simple écho sans ego de son ancêtre, François de Hadoque. Il comprend alors que son histoire est déjà écrite, qu'il n'a rien inventé puisque sa vie n'est que la reconduction à l'identique – mais en moins bien au fur et à mesure des redites, comme les bugs dans *Matrix* qui cisèlent Mister Anderson alias Neo – de ce qu'a expérimenté feu son ancêtre.

Faisant mentir La Mettrie qui croyait au XVIIIe siècle que "le bonheur, c'est l'île d'Ithaque qui fuit devant Ulysse", il comprend qu'il ne s'appartient pas. Qu'un autre, auteur ou Dieu, a choisi pour lui la couleur de son pull et la longueur de sa barbe. S'est arrangé pour le sortir *ad hoc* de tous les embarras que croisait son chemin de papier. C'est un peu comme si le pauvre Archibald – riche grâce à Tryphon – s'avisait qu'il n'existait pas. Impossible de sortir de soi si l'on n'est pas un Soi à part entière, qui procède de son propre chef et que rien ne précède. Nul "il" n'est un homme, alors.

De même dans *Les Cigares du Pharaon* Tintin croit-il intervenir dans la réalité en portant secours à une femme que maltraitent deux Arabes tandis qu'il ne s'agit que d'une mise en scène filmée pour le cinématographe par Rastapopoulos. Il se découvre malgré lui héros de fiction, piégé dans la structure réticulaire de celui qui croit agir cependant qu'il est mû tel un automate. Fantoche et fantastique liberté que celle du tournebroche qui rêve qu'il se met en rotation par son initiative personnelle.
Comme moi dans ces pages.
Moi qui ne veux pas grandir.

Mais alors ces tintinades : fiction ou réalité ? Tout ceci n'est-il qu'un rêve de personnage ? Si tel est le cas, un rêve qui est le produit d'un être de papier n'a jamais été rêvé par un être en chair et en os. Il a été inventé, construit par un dessinateur (Hergé) et il s'intègre dans la globalité d'une histoire qui a été imaginée. Par exemple, un rêve ambigu marque *L'Etoile mystérieuse* : Tintin s'endort en fin de page 8 pour s'éveiller début de page 9. Mais il rêve toujours et Philippulus le prophète lui explique alors que « les prophètes entrent où et comme ils veulent ». Par le fait que le rêve soit traité sur le même plan d'égalité que la réalité on comprend la puissance que donne Hergé à l'inversion songe/réel, à l'image d'un Goya soulignant que « le sommeil de la raison engendre parfois des monstres ». Certains traitements demeurent cependant obscur : l'élucidation

du rêve du capitaine Haddock inventé par Hergé dans *Tintin au Tibet* (le capitaine s'endort sur le bord du chemin et se dirige vers un arbre où se terminera sa course), est de fait possible grâce à la même méthode interprétative que pour un rêve réel (par un tour de passe-passe qui ne trompe personne, Benoît Peeters, perspicace quand il s'agit de distinguer "rêve réel et rêve reconstruit", croyait échapper au dilemme dans *Les bijoux ravis* en troquant l'inconscient freudien non applicable ici, selon lui, contre un "inconscient du livre" ou de "l'album"). Si le rêve est interprétable, il a une signification...
Dans cette mesure n'équivaut-il pas à un rêve réel ? Un authentique rêve ? Voici un problème épistémologique de taille.
J'ai tout d'un Répliquant à la *Blade Runner* – "Ah ! Si je pouvais raconter tout ce que j'ai vu ! Mais on ne me croirait pas", soupire Milou (*VPS*, C, 79, 62-3).
Sauf que je n'ai pas d'ennemi et ne suis le Double de personne.
Car, comme Tintin, je n'ai pas de visage.

À moins que le concepteur du récit où je me trouve ait été à ce point imprégné de l'histoire qu'il se soit téléporté dans la peau de ses personnages et qu'il a fait ce vaste rêve d'*Après, Tintin...* comme s'il était le narrateur de l'histoire. Mon histoire a pu être vécue par l'auteur avant qu'il ne me laisse la raconter. Sans vouloir embrouiller l'esprit du lecteur, il n'est pas inintéressant à mon avis de préciser, Numa Sadoul le stipule, que lorsqu'il entreprit la composition de *Tintin au Tibet,* Hergé consultait un médecin suisse, le professeur Ricklin, élève et disciple de C.G. Jung parce qu'était assailli à répétition par des rêves de blanc très angoissants qu'il consignait.
ainsi existe-t-il une aussi remarquable que courte parodie mettant en exergue cette thématique du rêve editée chez « Tintin et les faussaires » : *Tintin rêve*, où Petillon retraverse tous les albums d'Hergé pour exposer les affres d'un Tintin collé à un bout de sparadrap — supplice infligé par Hergé à Archibald Haddock en Bordurie (*AT*, C, 79-45) – et qui rencontre en une

courte nuit agitée tous les individus et symboles des *Aventures...* pour finir dans un cri d'horreur sans nom ligoté par ce même bout de sparadrap au bras de la Castafiore ! Dans *L'affaire Tournesol*, le morceau d'adhésif symbolise la dégénérescence de la modernité, rongée par la monstration du spectacle permanent qui confine à l'aliénation perpétuelle des apparences devenue seule forme contemporaine de l'idéologie. Un encombrant et parasitaire reliquat qui ventouse aux extrémités du corps, voilà ce que deviennent les critères de vérité quand ils sombrent dans la représentation au lieu de s'inscrire sous les règles énonciatives de l'éthique, a l'air de déplorer Hergé. Ne serait donc plus vrai que ce qui se donne sous la catégorie purement visuelle du spectacle, à l'instar de ce que dénonce Guy Debord en 1967 dans *La société...* du même nom. Indéfectible, le sparadrap intrusif colle aux basques et circule, papier-mo(u)che captif, d'un individu à un autre, créant une insupportable chaîne identitaire entre eux. Pour Pétillon, il incarne bellement, pur signe sans valeur mais présent partout dans sa triste banalité (qui peut être celle du mal arendtien), le retour du refoulé tintinesque.

L'image tonique de couverture représente sur fond rouge vif un Tintin en tenue classique (pantalon golf, chemisette jaune, cravate bordeaux) assailli par un Milou géant en forme de dragon chinois halluciné...
Reste à savoir si dire que je suis observé par un auteur qui observe ses propres rêves – et dont je sers de loupe grossissante – clarifie ou non mon rêve.
Oh, et puis zut ! vous me direz : puisque Tintin existe, pourquoi Tintin n'aurait-il pas le droit de devenir vrai ?

Journal de bord
Tintinade 4

Mon ami Hergé par Frederick De La Grolle
LHDM www.webzinemaker.com/marcassin
11 juillet 2001

De Tintin, on connaît l'inusable houppe surmontant un éternel visage juvénile, tout en rondeurs. Chaque lecteur des aventures du célèbre globe-trotter flanqué du fox-terrier Milou, du capitaine au long cours Haddock et de ce cyclone ambulant qu'est le professeur Tournesol, apprécie à leur juste mesure ces histoires sculptées à la ligne claire et qui ont fait plusieurs fois le tour du monde.

Beaucoup a déjà été dit, entre sommes et pensums, sur le corpus "tintinesque". S'agit-il donc avec Michel Serres (Hergé mon ami, "Etudes et Portraits", Moulinsart, 2000, 174 p.) d'une interprétation supplémentaire, énième tentative d'explorer les tréfonds des caves du maître – sur le modèle du caveau des antiquaires dégorgeant d'exemplaires en désordre des beaux-arts dans Le Secret de la Licorne ? D'une pièce de plus venant s'ajouter au panthéon du génie hergéen ? Plus sobrement, **Hergé mon ami** *se donne comme un témoignage d'amitié envers le complice disparu. Et de l'esprit de sérieux qui transcende les planch*es du dessinateur belge.

Ami de Georges Rémi, dit Hergé par goût d'un raccourci "initial" et d'une pudeur identitaire, Michel Serres le fut. Etonnante et émouvante rencontre, d'ailleurs, quoique tardive, entre les deux hommes, et racontée ici de manière aussi drôle que touchante dans "amis de vieillesse". Florilège de la contribution de Serres aux innombrables analyses des histoires de Tintin, ce livre regroupe les textes que l'académicien *consacra à Hergé entre 1970 et 1997, dans des supports aussi variés que journaux, essai sur l'herméneutique, conférence ou catalogue d'exposition. Rassemblés dans l'espace d'un livre agréable au toucher et fleurant bon le parfum – nostalgique, forcément – de l'enfance, les fines observations de Michel Serres ne se présentent pas seulement comme un agrégat chronologique mais autorisent à travers le temps un dialogue vivace entre elles. Par quoi la littérature semble prendre une revanche méritée sur les sciences humaines épinglées fort à propos en ces pages...*

Ainsi de l'assertion première selon laquelle Hergé serait "le Jules Verne des sciences humaines", qui se trouve corrigée à plusieurs reprises au gré des interventions de Serres pour aboutir à cette constatation ultérieure que le dessinateur va en fait "plus loin" que Jules Verne dans la mesure où, dans Tintin, "plus que les décors où vivent les individus et les sociétés, les explorateurs découvrent par eux-mêmes les choses cachées qui rassemblent les hommes." Il est vrai pourtant qu'Hergé "a dessiné la beauté du monde, le nombre des langues, des cultures, (...) fait voyager, comme Jules Verne, en voiture, en chemin de fer, en avion, en fusée. Qu'il a fait voir comme lui le Tibet, l'Orient, les mers du Sud, la banquise, la lune, mais [aussi que] complétant le vieil ancêtre d'éducation et de récréation, il part du musée d'Ethnographie et non du Muséum d'histoire naturelle." Simplement, quand bien même l'on pourrait qualifier les voyages de Tintin et consorts de "traités extraordinaires", en écho aux "Voyages" du même nom qu'inventa avec Pierre-Jules Hetzel le créateur de Philéas Fogg, du capitaine Hatteras ou de maître Zaccharius, force n'en est pas moins de constater que les sciences humaines ont tendance, en général, à placer "une telle distance entre l'homme qui étudie les autres et ces autres qu'il étudie, que l'écart ne se comble jamais".

Alors qu'au contraire Tintin se donne comme une invitation au partage, à la réciprocité et aux rapprochements des différences culturelles, politiques ou sociales. À telle enseigne que, méditant la bonté qui se dégage spontanément des actions du journaliste cosmopolite au cours de ses multiples périples, Serres, premier thuriféraire du grand œuvre et dernier apologiste de la manne hergéenne, va jusqu'à célébrer ici, notamment à l'évocation de Tintin au Tibet, *la naissance de ces "sciences humanitaires" dont notre époque n'aurait pas encore su accoucher. Etrange maïeutique latente dans certains albums, qui est peut être le vrai sens des voyages de Tintin, et qu'il appartient désormais (enfin ?) à chacun de percevoir, enchâssée qu'elle est sous les bulles et les cases.*

Aux confins de "l'atroce monde à victoires et défaites enfin aplani" par la conversion toute tibétaine à la bonté morale, à la douceur du blanc et à l'extase relationnelle, Hergé nous livre bel et bien les clefs d'un nouveau monde : un monde pacifié par l'ouverture à l'autre. Ainsi, dans cet album emblématique, le père de Tintin perd-il "dans les neiges de l'Himalaya, les dernières valeurs négatives, de sorte que son œuvre dit un immense oui, seule et rare dans un siècle qui anima, dans ses arts et par ses actes, la destruction et les ruines et qui se complait dans la stérilité." Promesse d'un ultime enchantement utopique non encore rabougri par un pseudo-réalisme tant politique qu'économique qui fera long feu. Il faut lire ou relire avec patience, opiniâtreté et délectation les commentaires faramineux, à mi-chemin de la poésie et de la crypto-analyse, de Michel Serres, lorsqu'il se penche sur le statut du fétichisme dans L'Oreille cassée *(superbe texte inédit à ce jour). Ou sur la nature de la communication dans* Les Bijoux de la Castafiore, *"traité de la monadologie contemporaine", bréviaire de la communication et du rire qui vaut son pesant de révélations et de retournements linguistiques. Ou encore lorsqu'il évoque l'insoupçonnée relation dialectique qui unit l'alimentation et la violence dans nos sociétés à travers "Tintin ou le picaresque aujourd'hui". Par quoi la politologie du goût rejoint subrepticement la parasitologie de la représentation. Alors, "la bande dessinée ouvre [bien] une voie originale, autre que celle du langage, du rythme ou du son, et laisse rayonner les êtres et les choses de leurs propres formes et dans leur eau singulière : poésie muette de la ligne claire."*

Fidèle tant à son frère d'humanité qu'à l'enseignement de l'ouvrage qui contribua à son succès en 1991, Le Tiers-Instruit, *Michel Serres nous rappelle de manière opportune, dans ce beau livre contenant plus de cinquante illustrations, que tout apprentissage consiste effectivement en un mélange, un mixte, un métissage. Que la bande dessinée est ce lieu idéal, hors des frontières aussi temporelles que géographiques, au-delà des intérêts entendus, où l'entre-connaissance s'esquisse comme la lumière parvient à percer les ténèbres.*

Epilogue

Novembre 1926.
Georges Rémi s'éveille d'une nuit difficile, entre rhume tenace et idées noires, sous les remontrances de l'abbé Wallez. La rédaction du XXème Siècle ne cesse de le presser de rendre copie plus vite. Il n'est qu'à la quatrième planche de Totor, Chef-Patrouille des Hannetons. Bientôt, ce sera le 1er régiment des chasseurs à pied.
Germaine paraît déjà se dissoudre dans la répétition sérielle, morne jusqu'à l'engloutissement, des gestes systématiques de ce nouveau quotidien, entre ordre et discipline.

Tout ce qu'il abhorre.
Avec en sus, qui revient à la charge nuitamment depuis avec fanfare et trompettes, ce souvenir cuisant d'enfance trahie : l'abandon du mouvement laïc des Boys-Scouts de Belgique au profit de la Fédération des Scouts catholiques...

Le ciel est très, très gris.
Un crachin qui vous pénètre jusqu'aux os rend dérisoire le feu de cheminée.
C'est l'hiver.
Tout est blanc dehors.

Tout est autrement, comme un fondu au noir mais à l'envers.

Tintin n'a jamais existé.

Duralexsedlex : Charte RG

CHARTE D'UTILISATION DE L'ŒUVRE D'HERGE SUR INTERNET

A. L'Œuvre et les droits d'Hergé ainsi que de ses ayants-droits

1. La société anonyme Moulinsart (162 avenue Louise, 1050 Bruxelles, Belgique) est titulaire exclusive, pour le monde entier, de l'ensemble des droits d'exploitation de l'œuvre d'Hergé, en particulier *Les Aventures de Tintin*.
Le droit d'auteur protège non seulement les albums de bande dessinée et les dessins (cases, strips, planches, dessins hors-textes, couvertures), scénarii, textes, dialogues, gags, mais aussi les décors, les personnages et leurs caractéristiques, les noms, titres et lieux imaginaires, les onomatopées, polices de caractères et autres éléments de l'œuvre d'Hergé.
Les adaptations de l'œuvre d'Hergé sont également protégées (les films, dessins animés, pièces de théâtre, spectacles vivants, musiques, ouvrages d'édition), de même que ses dérivés (sculptures, figurines, livres, montres, vêtement, jeux (électroniques ou non), jouets, posters, cartes postales et autres produits de l'imprimerie et de la papeterie). Les listes qui précèdent ne sont pas exhaustives.
2. La société Moulinsart est également titulaire de diverses marques déposées sur de nombreux territoires, notamment la marque verbale TINTIN, et le headshot TINTIN & MILOU .

B. Principes généraux concernant l'utilisation de l'œuvre d'Hergé:

3. La présente charte précise, sans être exhaustive, certaines des règles à respecter pour l'utilisation de l'œuvre d'Hergé sur Internet. Les règles qui suivent sont données à titre indicatif et pour être appliquées de bonne foi par les utilisateurs. Le texte de

la présente charte peut être imprimé ou téléchargé.

4. Toute utilisation de l'œuvre d'Hergé ou d'un de ses éléments est soumise à l'autorisation écrite et préalable de la société Moulinsart. Cette autorisation peut être refusée ou conditionnée par le versement de droits, et doit notamment être sollicitée préalablement à la reproduction, la traduction, l'adaptation, la communication au public, le prêt et la location, la vente et l'offre en vente, le téléchargement à titre gratuit ou onéreux, sous quelque forme, sur quelque support et par quelque moyen que ce soit, de tout ou partie de l'œuvre d'Hergé.

Une autorisation est aussi requise pour la fixation ou l'enregistrement sur un support graphique, analogue ou numérique, de façon permanente, temporaire ou éphémère, à quelques fins que ce soit, la création d'hyperliens, l'intégration dans des bases de données ou en fonds de page, ainsi que le contrôle de l'utilisation et de la destination des reproductions autorisées, ainsi que pour toute mise en ligne, notamment sur le réseau Internet mais aussi dans les réseaux intranet et extranet et en ce compris dans des espaces sécurisés mais accessibles sans distinction par plusieurs utilisateurs.

5. Les mêmes principes s'appliquent en ce qui concerne les portraits et toutes représentations de l'image d'Hergé.

6. Toute utilisation de tout ou partie de l'œuvre d'Hergé doit respecter les droits moraux. Les droits moraux protègent notamment l'intégrité de l'œuvre, la paternité de l'auteur et permettent d'en contrôler la divulgation.

7. Toute utilisation de tout ou partie de l'œuvre d'Hergé sur Internet (site web, forums de discussion, serveurs FTP, courriers électroniques), autrement qu'en vertu d'un accord spécifique, écrit et préalable avec la société Moulinsart, doit se faire dans le respect de la présente charte, et des règles nationales et internationales applicables au droit d'auteur.

C. Règles à destination de l'internaute tintinophile :
Interdiction d'association à certains sujets :
8. L'œuvre d'Hergé ne peut pas être associée, en dehors de son contexte, directement ou indirectement, à un discours ou un exposé philosophique, religieux ou politique.
9. L'œuvre d'Hergé ne peut pas être sortie de son contexte et associée, directement ou indirectement, à des contenus traitant, se référant ou ayant pour objet la violence, les armes, la drogue, l'alcool et la cigarette, le sexe, la maltraitance des enfants, les mauvais traitements des animaux, la traite d'êtres humains, la prostitution, l'esclavage, la torture ou les traitements inhumains ou dégradants, les violations des droits de l'homme.
10. L'œuvre d'Hergé ne peut pas être sortie de son contexte et associée, directement ou indirectement, à des propos ou opinions racistes, xénophobes, diffamantes, calomnieuses, injurieuses ou attentatoires à l'honneur, la réputation ou la vie privée d'autrui, ainsi qu'à tout contenu illégal, contraire aux bonnes mœurs ou aux convenances, ou incitant à tout comportement de la même nature.

Interdiction de tout but commercial :
11. Il est interdit de reproduire ou d'associer des visuels extraits ou dérivés de l'œuvre d'Hergé à toutes formes de publicités, notamment les bandeaux publicitaires, ainsi que toutes autres formes de promotion ou d'endossement direct ou indirect de produits ou de services, et toute utilisation de tout ou partie de l'œuvre d'Hergé à des fins directement ou indirectement commerciales.

D. Qualité des reproductions :
12. La reproduction de visuels extraits ou dérivés de l'œuvre d'Hergé ne peut être faite que sur des sites ou pour des pages d'informations relatives à Hergé ou son œuvre et dont le contenu leur est propre. Ces reproductions doivent, quantitativement parlant, être faites dans une proportion

raisonnable par rapport au contenu qu'elle illustre. Sont présumées faites dans une proportion raisonnable les reproductions dont la quantité (en nombre et surface) est, dans des conditions normales, inférieure à celle du contenu propre qu'elles illustrent.

13. La reproduction de plus d'un strip (suite d'une ligne de cases successives), de planches, pages et couvertures, est sujette à une autorisation spécifique. La reproduction de visuels extraits ou dérivés de l'œuvre d'Hergé doit être faite dans un format inférieur de 10 % au moins à la taille de la source originale de reproduction.

14. La résolution des images en couleurs doit être inférieure à [600] dpi et celle des images en noir et blanc ou niveaux de gris inférieure à [300] dpi. Aucune reproduction en ligne de visuels extraits ou dérivés de l'œuvre d'Hergé ne doit pouvoir permettre une impression graphique de qualité équivalente aux éditions courantes de cette œuvre ou les évoquant.

15. La reproduction de visuels extraits ou dérivés de l'œuvre d'Hergé doit être faite dans le respect de la source de reproduction : les couleurs et les traits ne peuvent pas être modifiés, les dessins ne peuvent pas être tronqués, tramés, retournés, détourés, animés, accompagnés de sons ou d'autres éléments multimédias, mélangés à d'autres (montages avec d'autres dessins ou des photographies), ni modifiés d'aucune autre façon.

E. Mentions obligatoires :

16. Chaque reproduction de visuels extraits ou dérivés de l'œuvre d'Hergé doivent toujours être accompagnées, de façon claire et visible, de la mention : © Hergé/Moulinsart [année]. Cette mention peut éventuellement accompagner plusieurs visuels proches les uns des autres.

17. La page d'accueil de sites contenant des reproductions de visuels extraits ou dérivés de l'œuvre d'Hergé doit contenir la mention Site non officiel et l'avertissement suivant, au besoin

traduits dans la langue du site : L'œuvre d'Hergé est protégée par le droit d'auteur. Aucune utilisation ne peut en être faite sans l'autorisation de la société Moulinsart, ce dernier mot comportant un lien vers la page du site www.tintin.com reproduisant la présente charte.

F. Interdictions diverses :

18. L'album Tintin et l'Alph'Art et les scénarios ou projets ébauchés par Hergé (notamment La piste indienne, Le thermozéro, Un jour dans un aéroport et Les pilules) sont des œuvres inachevées et non divulguées (à l'exception de Tintin et l'Alph'Art divulgué uniquement dans les formes de l'édition réalisée en 1986 par les Editions Casterman). Ils ne peuvent être adaptés, complétés ou achevés.

19. La création de suites ou d'adaptations de l'œuvre d'Hergé est interdite.

20. La création, l'utilisation ou l'offre en téléchargement, même sans but de lucre, de fonds d'écrans, icônes thèmes de bureau, screensavers, curseurs et pointeurs, skins, polices de caractères extraits ou dérivés de l'œuvre d'Hergé est interdite. Il en est de même pour les jeux, les sonneries et logos pour téléphones mobiles, les animations (notamment GIF, Flash ou Shockwave) ou tous autres éléments extraits, adaptés ou dérivés de l'œuvre d'Hergé.

21. Les visuels communiqués dans les dossiers de presse diffusés par la société Moulinsart sont réservés aux journalistes à qui ils ont été envoyés, soumis à des conditions particulières d'utilisation et ne peuvent en tout état de cause n'être utilisés qu'aux fins d'illustrer l'événement d'actualité auquel se réfèrent lesdits dossiers.

22. La vente en ligne de dessins originaux d'Hergé donne lieu au paiement d'un droit de suite, conformément aux législations applicables.

23. La vente, l'échange, l'importation ou l'exportation, la détention en vue de l'un de ces actes, de produits contrefaisants

(c'est à dire produits ou fabriqués sans ou en dehors de l'autorisation de la société Moulinsart) ou l'offre d'accomplir de tels actes est passible de sanctions civiles ou pénales. De tels actes peuvent être signalés à l'adresse suivante : [yves.fevrier@moulinsart.be].

24. L'utilisation de noms de personnages, de lieux fictifs, de titres extraits de l'œuvre d'Hergé, de son nom ou de son pseudonyme, ou encore de marques de Moulinsart dans un nom de domaine, les métatags, l'adresse ou le titre d'un site Internet requiert une autorisation spécifique, écrite et préalable de la société Moulinsart.

25. La création et le maintien de liens vers un ou plusieurs sites constituant des infractions à la présente charte ou à la loi sont considérés comme y portant atteinte de la même façon. En cas de doute sur la légitimité d'un site à lier, une demande d'information peut être envoyée à [yves.fevrier@moulinsart.be].

26. La parodie est autorisée par la loi, dans le respect de certaines conditions. La loi belge permet la caricature, le pastiche ou la parodie d'une œuvre et ne permet pas à l'auteur de s'y opposer à moins qu'il puisse prouver que la caricature, la parodie ou le pastiche ait été fait dans le seul but de nuire à sa personne ou à son honneur.

La parodie, pour être admise, doit remplir une fonction critique, être une œuvre originale avoir un but de raillerie de l'œuvre parodiée, avoir un ton humoristique et n'emprunter que les éléments apparents de l'œuvre et strictement nécessaires à la caricature pour ne pas entraîner de confusion avec l'œuvre parodiée, ni la dénigrer.

G. Divers

26. La présente charte est sujette à modifications. Elle est accessible en langues française et anglaise, la première faisant foi en cas de divergences. Tous renseignements complémentaires peuvent être demandés par courrier électronique [yves.fevrier@moulinsart.be] ou par courrier postal

à l'adresse de la société Moulinsart. Les modifications apportées à la présente charte vous seront communiquées par nos soins.

27. La présente charte s'applique à tout utilisateur d'Internet, tant aux personnes physiques que morales qu'aux associations de fait et groupement ou organismes ne disposant pas de la personnalité juridique, dont les membres sont dans ce cas solidairement responsables.

28. La présente charte ne s'applique qu'à l'utilisation en ligne de l'œuvre d'Hergé.

29. L'absence de poursuites des contrevenants par la société Moulinsart ou les ayants droit d'Hergé n'implique aucune renonciation, aucune reconnaissance, aucune acceptation des faits incriminés, ni aucune autorisation de les commettre. La présente charte n'impose aucune obligation pour la société Moulinsart ou les ayants droit d'Hergé de poursuivre les contrevenants.

30. Les utilisateurs concernés seront réputés de mauvaise foi si, après avoir été invités par la société Moulinsart à remédier à un manquement à la présente charte ou à la loi, ils ne remédient pas dans un délai de huit jours à l'infraction constatée, sauf contestation dûment motivée. Les avertissements de la société Moulinsart peuvent être notifiés par courrier électronique.

31. Seront également réputés de mauvaise foi les responsables de sites qui ne répondent pas aux avertissements de Moulinsart ou dont les coordonnées n'apparaissent pas sur leur site.

32. La société Moulinsart et les ayants droit d'Hergé ne sont d'aucune façon responsable du contenu des sites de tiers contenant tout ou partie de l'œuvre d'Hergé.

33. Les litiges concernant l'application de la présente charte et l'utilisation de tout ou partie de l'œuvre d'Hergé peuvent être portés devant les juridictions de Bruxelles.

Moulinsart Sa ©

QUIZZ

1. Dans ses aventures au Congo, comment Tintin se débarrasse-t-il du léopard ?
   - ☐. Il lui fait manger une éponge, puis lui fait boire de l'eau
   - ☐ Il lui fait manger un piment, puis lui fait boire de l'eau-de-vie
   - ☐ Il lui bloque la gueule avec un bâton
   - ☐ Il le brûle avec des rayons de soleil à travers une loupe

2. Que signifie "Coke" dans *Coke en stock* ?
   - ☐ Du charbon
   - ☐ De la drogue
   - ☐ Des boissons gazeuses
   - ☐ Des esclaves

3. À part l'orthographe de leur nom, qu'est-ce qui différencie Dupont et Dupond ?
   - ☐ Les sourcils
   - ☐ Le nez
   - ☐ Le chapeau
   - ☐ La moustache

4. Quelle anomalie peut-on relever sur la combinaison du capitaine Haddock dans *On a marché sur la lune* ?
   - ☐ Il y a une poche en moins
   - ☐ Les ourlets ont disparu
   - ☐ Son matricule a changé
   - ☐ Les boutons sont inversés

5. Sur quel bateau embarque Tintin dans *L'Etoile mystérieuse* ?
   - ☐ Sirius
   - ☐ Aurore
   - ☐ Peary
   - ☐ Ramona

6. Dans *Les cigares du pharaon*, Tintin parvient à communiquer avec un animal en sculptant une trompette. Il s'agit:
□ D'un tigre
□ D'un singe
□ D'un éléphant
□ D'un lion

7. Sur la couverture des *7 boules de cristal* quel personnage est en lévitation ?
□ Tintin
□ Le capitaine Haddock
□ Le professeur Bergamotte
□ Le professeur Tournesol

8. Dans *Tintin en Amérique* Tintin se fait enlever à :
□ New-York
□ Chicago
□ Los Angeles
□ Detroit

9. Comment s'appelle le fils de l'émir ?
□ Mohamed
□ Abdoul
□ Abdallah
□ Mourad

10. Dans *Les bijoux de la Castafior*e, le capitaine Haddock...
□ Se casse la jambe
□ Se coupe en se rasant
□ Se foule le poignet
□ Se fait une entorse à la cheville

11. Quel commerçant a un numéro de téléphone proche de celui du château de Moulinsart ?
□ La quincaillerie Sanclout
□ Le café Sanmart
□ La boulangerie Sampin
□ La boucherie Sanzot

12. Quel est le prénom de l'habilleuse de la Castafiore ?
□ Ulla
□ Irma
□ Maria
□ Sandra

13. Szut, le pilote de *Vol 714 pour Sydney* a été le complice de Tintin dans une autre aventure :
□ *Coke en Stock*
□ *Tintin au pays de l'or noir*
□ *Les cigares du Pharaon*
□ *L'Oreille cassée*

14. Quel est le bateau de l'ancêtre du capitaine Haddock ?
□ La Méduse
□ La Licorne
□ L'Hippocampe
□ Le Sirius

15. Par rapport à l'édition originale, quelle différence peut-on trouver dans la dernière édition de *Tintin en Amérique* ?
□ Pendant toute l'histoire, Tintin porte un jean
□ Milou n'urine plus sur un réverbère
□ Une maman noire a été remplacée par une blanche
□ Une voiture américaine a été remplacée par une plus récente

16. Comment Milou sauve-t-il L'Aurore dans *L'Etoile Mystérieuse* ?
□ Il coupe la corde d'une mine flottante
□ Il urine sur un bâton de dynamite
□ Il arrache le fil d'une charge de plastique
□ Il prend une grenade dans la gueule et la jette à l'eau

17. Quand Tintin sauve la vie du Général alcazar en jetant une bombe par la fenêtre dans *L'Oreille cassée,* ils jouaient tous les deux...
□ Aux dames
□ Au backgammon
□ Aux échecs
□ Au jeu de l'oie

18. Dans *Tintin au pays de l'or noir*, Tintin se fait engager sur le "Speedol Star" comme...
□ Télégraphiste
□ Cuisinier
□ Mousse
□ Médecin

19. Un pays imaginaire a été le théâtre de plusieurs aventures de Tintin. Il s'agit de...
□ L'Hergéovie
□ La Slovnévie
□ La Soldavie
□ La Syldavie

20. Le prénom du professeur Tournesol est :
□ Théodore
□ Tryphon
□ Hyppolite
□ Séraphin

21. Sur son pull-over, le capitaine Haddock a :
- ☐ Un bateau
- ☐ Un drapeau de pirate
- ☐ Une barre de bateau
- ☐ Une ancre de marine

22. La première rencontre de Tintin avec Haddock se fait dans...
- ☐ *Le Lotus bleu*
- ☐ *Le crabe aux pinces d'or*
- ☐ *Tintin au Congo*
- ☐ *Tintin en Amérique*

23. Sur la couverture de quel album voit-on le docteur Müller ?
- ☐ *Le crabe aux pinces d'or*
- ☐ *L'Ile noire*
- ☐ *Tintin au pays de l'or noir*
- ☐ *L'affaire Tournesol*

24. Quel est le dernier album de Tintin ?
- ☐ *Tintin au pays des Soviets*
- ☐ *Tintin et les Picaros*
- ☐ *Les bijoux de la Castafiore*
- ☐ *Vol 714 pour Sydney*

25. Parmi ces personnages, Hergé n'est pas le père de :
- ☐ Tintin et Milou (cadeau !...)
- ☐ Quick et Flupke
- ☐ Jo, Zette et Jocko
- ☐ Gött, Faure et Dom'

26. La Castafiore chante...
- ☐ Carmen
- ☐ L'air des bijoux
- ☐ Le barbier de Séville
- ☐ Les Rubis

27. Le premier album de Tintin (*Tintin au Congo*) date de :
- ☐ 1930
- ☐ 1931
- ☐ 1932
- ☐ 1933

28. Dans ses aventures au Congo, quel est le nom de la tribu qui invite Tintin ?
- ☐ Les Ba Baoro'm
- ☐ Les Bibindo'm
- ☐ Les Balato'm
- ☐ Les Cafarnao'm

29. Quelle insulte n'appartient pas au vocabulaire du capitaine Haddock ?
- ☐ Pyrophore
- ☐ Zigomars
- ☐ Phtynolises
- ☐ Sapajous

30. A qui appartenait le château de Moulinsart avant que le capitaine Haddock n'y réside ?
- ☐ Au Dr. Müller
- ☐ A Rastapopoulos
- ☐ Au Pr. Tournesol
- ☐ Aux frères Loiseau

31. Que renferme la statuette à l'oreille cassée ?
- ☐ Un diamant
- ☐ Le plan d'un trésor;
- ☐ Je ne sais pas, j'ai pas lu l'histoire
- ☐ De la drogue

32. Comment Tintin et Tchang se rencontrent-ils ?
- ☐ Tchang sauve Tintin sur qui des bandits tirent
- ☐ Tintin renverse Tchang en voiture
- ☐ Tchang renverse Tintin en pousse-pousse
- ☐ Tintin sauve Tchang de la noyade

33. Dans *Les bijoux de la Castafiore*, quelle invention le professeur essayait-il de mettre au point ?
- ☐ Un fauteuil roulant à moteur
- ☐ Le téléviseur couleur
- ☐ Le visiophone
- ☐ Le magnétoscope

34. Quel phénomène naturel sauve Tintin du bûcher dans le « Temple du Soleil » ?
- ☐ La foudre
- ☐ Un orage
- ☐ Une éclipse
- ☐ Un tremblement de terre

35. Dans *Vol 714 pour Sydney*, Tournesol trouve un objet dont le métal est inexistant sur Terre ; cet objet ressemble à :
- ☐ Une soupape
- ☐ Un hochet
- ☐ Un bilboquet
- ☐ Une bougie de voiture

36. Dans *Le Sceptre d'Ottokar*, quel objet utilisent Dupont, Dupond et Tintin pour simuler le vol du sceptre ?
- ☐ La canne d'un des Dupondt
- ☐ Un os trouvé par Milou
- ☐ La copie du vrai sceptre
- ☐ Un morceau de branche

37. Lors de ses aventures au Tibet, Tintin découvre l'écharpe de Tchang accrochée à un rocher. De quelle couleur est cette écharpe ?
□ Rouge
□ Jaune
□ Verte
□ Bleue

38. Le nom du créateur de Tintin vient :
□ Des initiales de son nom et de son prénom (Rémi Georges : R.G.)
□ Des initiales des prénoms de ses enfants (Henri, Edouard, Roland, Guy et Emilie)
□ Des initiales de ses prénoms (Hervé et Gérard)
□ De nulle part, c'est bien son vrai nom.

39. Spokie, Snowy, Milu, Bobble, Terry... sont les noms donnés à Milou dans différentes traductions. Cherchez l'intrus pour Tintin:
□ Ten-Ten
□ Tantan
□ Titinne
□ Tintim

40. Parmi les 22 albums, sur quelle couverture Tintin est-il représenté avec une arme à la main ?
□ *L'Oreille cassée*
□ *Vol 714 pour Sidney*
□ *L'affaire Tournesol*
□ *Tintin et les Picaros*

Réponses :
1. Il lui fait manger une éponge, puis lui fait boire de l'eau
2. Des esclaves
3. La moustache
4. Son matricule a changé
5. Aurore
6. D'un éléphant
7. Le professeur Tournesol
8. Chicago
9. Abdallah
10. Se fait une entorse à la cheville
11. La boucherie Sanzot
12. Irma
13. *Coke en stock*
14. La Licorne
15. Une maman noire a été remplacée par une blanche
16. Il urine sur un bâton de dynamite
17. Aux échecs
18. Télégraphiste
19. La Syldavie
20. Tryphon
21. Une ancre de marine
22. *Le crabe aux pinces d'or*
23. *Tintin au pays de l'or noir*
24. *Tintin et les Picaros*
25. Gött, Faure et Dom'
26. L'air des bijoux
27. 1930
28. Les Babaoro'm
29. Phtynolises
30. Aux frères Loiseau
31. Un diamant
32. Tintin sauve Tchang de la noyade
33. Le téléviseur couleur

34. Une éclipse
35. Une soupape
36 Un morceau de branche
37. Jaune
38. Des initiales de son nom et de son prénom (Rémi Georges : R.G.)
39. Titinne
40. *Vol 714 pour Sidney*

Glossaire des abréviations
renvoyant aux titres des Aventures de Tintin et Milou

TPS : *Tintin au pays des Soviets* (1920)
TC : *Tintin au Congo* (1930)
TA : *Tintin en Amérique* (1932)
LCP : *Les Cigares du pharaon* (1934)
LB : *Le Lotus bleu* (1935)
OC : *L'Oreille cassée* (1937)
IN : *L'Île noire* (1938)
LSO : *Le Sceptre d'Ottokar* (1939)
CPO : *Le Crabe aux pinces d'or* (1941)
EM : *L'Étoile mystérieuse* (1942)
LSL : *Le Secret de la Licorne* (1943)
TRR : *Le Trésor de Rackham le Rouge* (1944)
BC : *Les 7 Boules de cristal* (1948)
TS : *Le Temple du Soleil* (1949)
TON : *Tintin au pays de l'or noir* (1950)
OL : *Objectif Lune* (1953)
OML : *On a marché sur la Lune* (1954)
AT : *L'affaire Tournesol* (1956)
CS : *Coke en stock* (1958)
TT : *Tintin au Tibet* (1960)
BC : *Les Bijoux de la Castafiore* (1963)
VS : *Vol 714 pour Sydney* (1968)
TP : *Tintin et les Picaros* (1976)
TAA : *Tintin et l'Alph-Art* (1986) (album inachevé)

**Paris- Saint-Raphaël - L'Ile verte
15 juin 2006- 16 août 2008**

Editions BOD

12/14 Rond-Point des Champs Élysées
75008 Paris
Tél. +33 (0)1 53 53 14 89
Fax +49 (0)1 53 53 14 00
www.bod.fr
info@bod.fr

Impression : Books on Demand, allemagne

N° ISBN : 9782810603626

Achevé d'imprimer en avril 2009